Venganza placentera

Melanie Milburne

Bianca™

HARLEQUIN™

Editado por HARLEQUIN IBÉRICA, S.A.
Hermosilla, 21
28001 Madrid

I.S.B.N.: 978-84-671-4921-0
Depósito legal: B-20115-2007
Editor responsable: Luis Pugni
Composición: M.T. Color & Diseño, S.L.
C/. Colquide, 6 - portal 2-3º H, 28230 Las Rozas (Madrid)
Fotomecánica: PREIMPRESIÓN 2000
C/. Algorta, 33. 28019 Madrid
Impresión y encuadernación: LITOGRAFÍA ROSÉS, S.A.
C/. Energía, 11. 08850 Gavá (Barcelona)
Fecha impresion para Argentina: 10.12.07
Distribuidor exclusivo para España: LOGISTA
Distribuidor para México: CODIPLYRSA
Distribuidores para Argentina: interior, BERTRAN, S.A.C. Vélez
Sársfield, 1950. Cap. Fed./ Buenos Aires y Gran Buenos Aires,
VACCARO SÁNCHEZ y Cía, S.A.
Distribuidor para Chile: DISTRIBUIDORA ALFA, S.A.

Capítulo 1

PERO te tienes que casar conmigo! –dijo Gemma, desesperada–. Queda menos de una semana para que sea mi cumpleaños. Perderé todo si no lo haces.

El ruido mecánico que hizo la silla de ruedas de Michael Carter mientras se alejaba todavía más provocó que a Gemma se le helase la sangre en las venas.

Él era su última esperanza.

Todo por lo que había pasado ella, todo por lo que ambos habían pasado juntos, todo el dolor y sufrimiento habría sido en vano si él no mantenía su acuerdo.

–No puedo hacerlo –dijo Michael, evitando la asustada mirada de ella–. Pensé que iba a poder, pero no puedo. No estaría bien.

–¿*Bien*? –parecía que a Gemma aquella palabra le quemaba la garganta–. ¿Qué es lo que no está bien en reclamar lo que por justicia me corresponde? ¡Por el amor de Dios, estabas de acuerdo con las condiciones!

–Lo sé, pero las cosas han cambiado.

–¿Quieres más dinero? –preguntó ella, calculando mentalmente cuánto dinero podría sacar de la herencia de su padre. Tendría que vender el hotel Landerstalle; de todas maneras no lo quería.

Michael se dio la vuelta en su silla de ruedas con una destreza que ella siempre había admirado.

—Escúchame, Gemma. Sabes que nunca podré ser un esposo adecuado para ti...

—¡Yo no quiero un esposo adecuado! —dijo ella—. Tú lo sabes más que nadie.

—Lo siento... creerás que te estoy fallando deliberadamente, pero no hay nada más lejos de la realidad.

Las lágrimas asomaron a los azules ojos de Gemma, pero logró contenerlas con la determinación que había adquirido desde el accidente que había cambiado la vida de ambos para siempre.

—No puedo hacer esto sin ti, Michael. Es sólo durante seis meses. ¡Seis míseros meses! ¿Te estoy pidiendo demasiado?

—Yo tengo otros planes... me voy a marchar. Quizá al extranjero... Siento que tengo que poner un poco de distancia entre mi pasado y mi futuro.

—¿Pero y qué pasa con *mi* futuro? —preguntó ella—. ¡Sin ti yo no tengo futuro! Eres el único que puede ayudarme. Necesito casarme con alguien en menos de una semana, sino...

—Lo siento, pero así son las cosas —dijo él, endureciendo el tono de su voz—. No puedo hacerlo. Vas a tener que encontrar a otra persona.

Gemma lo miró con la incredulidad reflejada en los ojos.

—Mírame, Michael. Ahora mismo no soy precisamente una modelo. ¿Cómo demonios voy a encontrar a alguien que se case conmigo en menos de una semana?

—Ése no es mi problema. Y no te deberías castigar todo el tiempo por tu aspecto físico. No hay nada de lo que debas avergonzarte.

«No», pensó ella, sintiendo que la culpabilidad le atravesaba el alma como un cuchillo. «Sólo debería avergonzarme de que, con un solo acto, estúpido y sin sentido, arrebaté a ambos la posibilidad de tener una vida normal».

Nunca había entendido realmente la forma con la que Michael aceptaba las consecuencias de aquel terrible día. Ni siquiera en aquel momento en que habían pasado cinco años y medio. Ni Michael ni ella recordaban el accidente en sí. Lo que sí recordaba vagamente era cuando había ido conduciendo a casa de Michael tras haber estado discutiendo de nuevo acaloradamente con su madrastra.

Michael nunca le había echado directamente la culpa a ella de lo ocurrido, pero hacía poco tiempo había comenzado a notar un leve cambio en la actitud de él. Y lo veía en aquel momento. Se preguntó si sería por ello que él estaba echándose atrás en su acuerdo, como una forma de hacerle pagar lo que le había hecho.

—Me tengo que marchar —dijo él, rompiendo el tenso silencio que se había apoderado de la situación—. Alguien va a venir a buscarme. Acercó su silla a ella y le tendió la mano—. Adiós, Gemma. Espero que te salgan bien las cosas. Lo deseo de verdad. Creo que será mejor si no nos volvemos a ver. Ambos tenemos que superar... aquel día.

Gemma lo miró directamente a los ojos, pero parecía que él no estaba a gusto sosteniendo su mirada.

—Adiós, Michael —dijo, forzándose a mantener calmado e indiferente su tono de voz.

Se quedó helada, de pie como una estatua, cuando unos minutos más tarde un hombre joven llegó para ayudar a Michael a montarse en una furgoneta dotada con un dispositivo para subir sillas de ruedas. Mientras se marchaban, la furgoneta hizo ruidos debido a lo vieja que era, ruidos que a Gemma le parecieron un insulto teniendo en cuenta la cantidad de dinero que le había ofrecido a Michael para que fuera su esposo durante seis meses, para así poder cumplir con las cláusulas establecidas en el testamento de su padre.

Gemma todavía estaba de pie con la puerta abierta cuando, un poco más tarde, un brillante Lamborghini negro aparcó frente a su casa. Observó cómo un hombre alto, que le era familiar, se bajaba del coche, tras lo cual comenzó a acercarse hacia ella.

No podía recordar de qué lo conocía. Quizá se había hospedado en el Landerstalle en el pasado, o tal vez fuese alguien famoso. Se movía con garbo, era alto y tenía un bonito pelo negro. Incluso sin ver el lujoso coche que conducía, su apariencia dejaba claro que era rico.

En otras circunstancias Gemma habría cerrado la puerta y habría ignorado si tocaba el timbre, pero estaba demasiado intrigada y apenas tenía visitas.

—¿La señora Landerstalle? —saludó el hombre con un gran acento, lo que, combinado con su morena apariencia, indicaba su inconfundible procedencia italiana.

—Sí —contestó ella, sin apretar la mano que él le ofrecía.

—¿No te acuerdas de mí? —preguntó él, mirándola con sus ojos marrones.

A Gemma le recorrió el cuerpo una extraña sensación. Había algo en la aterciopelada voz y en los ojos de aquel hombre que le recordaba algo, pero no sabía qué era exactamente. El accidente había borrado algunas partes de su memoria.

–Hum... no... Lo siento... –dijo, con la incertidumbre reflejada en sus ojos–. ¿Nos... conocemos?

–Sí... nos hemos visto muchas veces. Pero de eso hace mucho tiempo –dijo él, sonriendo levemente.

Gemma se quedó mirándolo mientras el miedo se apoderaba de ella. Se humedeció los labios.

–Me... me resulta familiar...

–Permíteme que me presente –dijo él, mirándole a los ojos–. Soy Andreas Trigliani. Hace diez años trabajé para tu padre en el hotel Landerstalle. Yo era uno de los botones.

Ella se quedó sin aliento. Recordó, avergonzada, cómo había tratado al muchacho que había intentado agradarla hacía tantos años. Se había divertido mucho al saber del encaprichamiento que Andreas Trigliani había sentido por ella. Se había portado de una manera terrible con él.

Se había reído mucho a espaldas del muchacho... ¡un botones enamorado de ella!

Se preguntó qué hacía él allí en aquel momento. No parecía que siguiera llevando el equipaje de la gente. Parecía que en aquel momento a él le hacían caso con sólo chascar los dedos. Había cambiado tanto físicamente, que no era de extrañar que no lo hubiese reconocido al principio. Tendría unos treinta y un años... la mejor edad para los hombres.

–Lo siento... –dijo, bajando la vista para que él no viese que estaba mintiendo–. No puedo acordarme... Yo... tuve un grave accidente de coche hace unos años. Todavía hay cosas que no puedo recordar.

–Lo siento tanto –dijo él sinceramente–. Debe de ser muy difícil de sobrellevar.

Gemma lo miró y sus miradas se encontraron. Se le aceleró el corazón y apartó la vista de nuevo.

—Sí... sí... lo es —dijo en un tono demasiado delicado.

Entonces el silencio se apoderó de la situación. Ella sintió cómo él la analizaba con la mirada.

—Supongo que te preguntarás por qué estoy de nuevo en Sidney después de tantos años —dijo él.

El profundo tono de su voz hizo que a ella le recorriera un escalofrío por los brazos. Se humedeció los labios y se forzó a mirarlo.

—¿Estás de vacaciones o de negocios?

—Podríamos decir que estoy en una misión —dijo él, sonriendo sin humor—. Estoy expandiendo mi negocio y quiero incluir en él algunos centros turísticos de lujo australianos. Estoy interesado en el Landerstalle.

—Está claro que has escalado muchos puestos desde que eras un botones —observó ella, camuflando su inquietud con un tono insustancial—. ¿Qué hiciste? ¿Te tocó la lotería o algo parecido?

—No. La suerte no tuvo nada que ver con ello —contestó él, con la dureza reflejada en la mirada—. Lo hice a la antigua usanza; trabajando duro. Ahora tengo un gran patrimonio que se extiende por todo el mundo. Lo único que me entristece es que mi padre no viviera lo suficiente para disfrutar de los beneficios de mi éxito —hizo una pausa, y añadió—: Murió poco después de que yo regresase de las vacaciones en las que estuve trabajando aquí, en Sidney.

Gemma se quedó callada debido al dolor de la reciente muerte de su propio padre.

—Siento mucho lo de tu padre... —dijo ella, sabiendo lo completamente inadecuado que sonaba aquello. Pero de todas maneras tenía la necesidad de expresar sus condolencias.

—Gracias —Andreas relajó el tono de su voz inesperadamente—. Yo también sentí mucho cuando me enteré de la pérdida que has sufrido tú también. Debe de haber sido muy difícil para ti, ya que eras hija única. A lo largo de los años yo he agradecido el poder compartir con mi familia el sufrimiento por su pérdida.

—Sí... bueno, como quizá recuerdes, mi padre y yo no estábamos particularmente unidos.

—Era un buen hombre —dijo él—. A veces era demasiado firme, pero todos los hombres que quieren tener éxito necesitan serlo.

—Sí... —Gemma trató de sonreír pero le hizo sentirse extraña, ya que hacía mucho tiempo que no usaba esos músculos de su boca y sospechaba que ya no sabía hacerlo.

—¿Cómo está tu madrastra?

Gemma lo miró, precavida, antes de apartar la vista.

—Esperando con ansiedad a que la herencia de mi padre vaya a parar a sus manos —dijo con una abierta amargura.

De nuevo el silencio se apoderó de la situación, poniendo nerviosa a Gemma.

—¿Así que tu padre le ha dejado todo a ella? —preguntó Andreas.

—No exactamente, pero va a resultar que se va a llevar todo.

—¿Por qué?

—Porque las condiciones del testamento de mi padre establecen que o me caso antes de mi próximo cumpleaños y permanezco casada durante seis meses o Marcia se quedará con toda la herencia.

—¿Por qué hizo eso? —preguntó Andreas.

–No estoy segura... supongo que pensó que yo no consideraría casarme a no ser de que él me pusiera delante de la nariz una zanahoria demasiado grande como para que me resistiera.

–¿No te apetece casarte si no es a cambio de un gran incentivo?

Gemma le analizó la cara durante un momento, preguntándose por qué él no habría comentado nada sobre la delgada cicatriz que el flequillo de su frente no lograba tapar, o sobre la torpe cojera que tenía y de la que él se debía de haber dado cuenta cuando lo había recibido en la puerta.

–No estoy precisamente en mi mejor forma –dijo con un toque de amargo humor.

–Eres una mujer preciosa, como lo eras hace diez años –dijo él–. Cualquier hombre estaría orgulloso de tenerte como esposa.

Gemma buscó en la mirada de él para ver si veía reflejada la burla, burla que ella se merecía tras la forma con que lo había tratado. Pero sorprendentemente no pudo ver otra cosa que sinceridad.

–Gracias.

–¿Cuándo es tu cumpleaños? –preguntó él.

–Dentro de seis días –contestó ella tras suspirar. La sensación de miedo que tenía en el estómago estaba poniéndola enferma–. Mi novio se acababa de marchar minutos antes de que llegaras.

–¿Se ha marchado?

–Se ha marchado de manera permanente. La boda se ha anulado.

–Siento oír eso.

Gemma cruzó los brazos sobre su pecho como si tuviera frío, aunque hacía calor, ya que estaban terminando el verano.

—No lo sientes tanto como yo, te lo puedo asegurar.

Andreas se situó justo frente a ella.

—¿Y si encuentras otra persona que ocupe su lugar? —preguntó.

Ella tuvo que estirar el cuello para mirarlo.

—¿En menos de una semana? —lo miró con el fracaso reflejado en los ojos—. Tal vez las cosas sean distintas en la zona de Italia de la que tú vienes, pero déjame que te diga, aquí, en Australia, lleva mucho más tiempo que seis días el encontrar un marido. Por lo menos uno legal.

—¿Qué pasaría si yo te pudiera ofrecer una solución en ese espacio de tiempo?

—¿Una solución? —a Gemma le dio un vuelco el corazón.

—Tú necesitas un marido —dijo él como el que habla sobre que hay que meter leche en la nevera.

—Hum... sí... lo necesito... pero no puedo pensar...

—Yo puedo jugar ese papel —le interrumpió él—. No me sería complicado organizar los trámites legales. Tengo los contactos necesarios. Estoy dispuesto a ocupar el lugar de tu novio.

Gemma se quedó mirándolo con una desconcertante mezcla de miedo y alivio.

—¿Por qué? —casi espetó la pregunta—. ¿Por qué querrías hacerlo?

—Necesitas un marido a toda prisa, ¿no es así?

Ella deseaba poder negarlo, pero la verdad reposaba en los documentos que había dejado su padre.

—Sí... sí, lo necesito. Pero yo...

—Yo estoy dispuesto a serlo.

—¿Por qué? —las sospechas comenzaron a apoderarse de su cuerpo.

—Yo necesito una esposa —se encogió de hombros—. Y tú necesitas un marido.

—¿Tan simple como eso? —preguntó Gemma, mirándolo con el ceño fruncido.

—Tengo treinta y un años. Estoy en el momento de mi vida en el que deseo echar raíces. Soy italiano... llevo en la sangre el deseo de tener una esposa y una familia.

—Ni siquiera me conoces.

—Permíteme que te corrija —dijo con una sonrisa enigmática—. Te conozco muy bien... claro está, a no ser que hayas cambiado drásticamente en los últimos años.

Gemma estuvo a punto de confesar que desde luego que había cambiado mucho. Había encubierto la verdad con una pequeña mentira sobre su pérdida de memoria. Era cierto que había muchos momentos del accidente que no recordaba, así como partes de su pasado, pero sí que recordaba a Andreas Trigliani y la manera en que lo había tratado.

Si había alguien que podía estar buscando venganza, sería él. Ella había destrozado sin misericordia su orgullo de hombre y no podía pensar que la hubiese perdonado...

—No estoy segura de lo que esperas obtener de este acuerdo —dijo por fin—. Necesito un marido... sí, pero no uno de verdad, o por lo menos uno que lo sea sólo en los documentos. Le ofrecí a Michael Carter, mi ex novio, una cuantiosa suma de dinero, pero creo que tú no lo agradecerías, no cuando tú eres tan pudiente.

Andreas se quedó mirándola sin hablar. Gemma sintió que el silencio que los rodeaba era casi amenazante. Se le aceleró el pulso al ver la determinación que reflejaban los profundos ojos marrones de él.

—Me casaré contigo, Gemma —dijo, diciendo en alto el nombre de ella por primera vez en una década—. Pero tengo un par de condiciones y, si no te agradan, entonces no me quedará otra opción que retirar mi oferta.

—¿Con... condiciones? —dijo ella con la voz ahogada, mirándolo con el miedo reflejado en los ojos.

—Sí. Quiero una esposa, así como también quiero un heredero.

Gemma tragó saliva con fuerza, pero no era capaz de hablar. Él hizo una pausa antes de continuar hablando con su profundo tono de voz, sin alterarse.

—Me casaré contigo en seis días con la condición de que accedas a ser la madre de mi hijo.

Capítulo 2

GEMMA sintió el peso de las palabras de Andreas como si hubiesen ido acompañadas de un puñetazo, haciéndole daño donde más le dolía.

—Es una condición bastante importante —logró decir finalmente.

—Quizá, pero no es la única —continuó diciendo él.

—¿Cuáles son las otras? —preguntó ella, con la boca tan seca como el polvo.

—Cuando mi padre murió tan repentinamente hace diez años me di cuenta de que en algún momento tendría que cumplir con mi responsabilidad de continuar la línea de la familia Trigliani —explicó—. Soy el único hijo varón. Es mi deber aportar un heredero. Pero si nuestro matrimonio no funciona, insisto en tener la custodia del niño o niños que existan fruto de la unión. Desde luego que tendrás derecho de visita.

Gemma no sabía qué decir, así que permaneció callada. Sabía que él lo interpretaría como que estaba de acuerdo, pero no le importaba.

—Cuando se me presentó esta oportunidad de regresar a Australia me decidí inmediatamente. Mi padre lo hubiese querido de esta forma... hubiese querido que yo tuviese éxito.

—¿Estabas... muy unido a tu padre? —preguntó ella.

Andreas tardó un rato en contestar. Gemma sintió

que él estaba eligiendo las palabras que iba a emplear con cuidado. Quizá hablar de su padre todavía le era doloroso, incluso tras diez años.

—Mi padre no quería que yo viviera la clase de vida que él había vivido. Él soñaba con tener algún día su propio hotel. Se había pasado la mayor parte de su vida trabajando para otra gente y nunca tuvo la suficiente seguridad financiera como para tomarse unas vacaciones. Le prometí que algún día yo conseguiría las cosas que él había querido conseguir. Es por eso que vine a Australia la primera vez, para aprender desde abajo cómo se llevaba un negocio.

Gemma se había percatado perfectamente del éxito que había tenido en encontrar un mentor. Su propio padre siempre había alabado al joven italiano y su entusiasmo por el trabajo. Al principio le había parecido gracioso pero, según había ido pasando el tiempo, había comenzado a tener cada vez más celos de la atención que su padre le prestaba a Andreas, ya que ella quería esa atención sólo para ella. Y con un rencor que aun en aquel momento le hacía encogerse, había comenzado a hacer que su padre volviese a centrar su atención en ella.

—Seguro que en Italia hay muchas mujeres que estarán mejor preparadas para ser tu esposa.

—Sí, he tenido muchas oportunidades, pero hay ventajas de tener una esposa australiana.

—Una esposa australiana rica —aclaró ella.

—Sí, desde luego. Una esposa australiana muy rica que tenga la clase de contactos que yo necesito ahora.

Gemma respiró profundamente al considerar su oferta.

—¿Así que parece que ambos podemos salir ganando con esta... hum... empresa?

–Desde luego –dijo él–. Casarte conmigo te permitirá heredar el hotel Landerstalle, que a pesar de que necesita ser reformado, es todavía uno de los hoteles más importantes de Sidney.

–Quiero venderlo tan pronto como pueda –dijo Gemma.

–Necesitará una gran reforma antes de que puedas hacerlo, ya que si no, no alcanzará su verdadero valor en el mercado –señaló Andreas.

–No me importa. Simplemente quiero deshacerme de él.

Él clavó su mirada en ella durante largo rato.

–Pero el hotel no se puede vender hasta que no hayan transcurrido los seis meses –le recordó.

Gemma se quedó mirándolo mientras comenzaba a alarmarse gravemente.

–Parece que conoces muy bien las condiciones del testamento de mi padre.

–Nunca llevo a cabo negocios sin antes haber investigado todos los detalles, Gemma, ya que algunos importantes podrían ser pasados por alto.

–No tengo ningún interés en el hotel. Simplemente necesito el dinero de la herencia de mi padre para... para pagar algunas facturas que se han amontonado.

–Cuando hayan pasado los seis meses, yo te compraré el hotel por el precio que tú establezcas –dijo él–. También aportaré los fondos para reformarlo inmediatamente.

Gemma pensó que era una oferta muy generosa. Había sólo un problema, insuperable, y del que no le podía informar sin tener consecuencias demoledoras.

–Y a cambio te daré lo que tú más deseas... –dijo ella, disimulando su nerviosismo–. ¿Un hijo?

–Ése es el acuerdo –dijo él.

A Gemma se le revolvió el estómago. Si él descubría cómo lo estaba engañando...

–Veo que te he impresionado con mi propuesta –dijo Andreas, rompiendo el silencio–. Bajo otras circunstancias menos urgentes te hubiera sugerido que te tomaras un par de semanas para pensarlo, pero eso es imposible. Necesito que me contestes ahora para así poder tramitar los documentos necesarios para poder casarnos antes del viernes.

Gemma se tragó el nudo de culpa que se le había formado en la garganta. Ella tenía que recibir la herencia de su padre. ¡Tenía que hacerlo!

Necesitaba ese dinero por razones que no podía revelar, razones que hacían que mereciera la pena cualquier sufrimiento que Andreas creyera necesario que ella tuviera que soportar.

–Yo... acepto –dijo ella–. Pero... yo también tengo algunas condiciones que establecer.

Él no respondió, lo que hizo que ella lo mirara de nuevo a los ojos. Le costó descifrar la expresión de éstos; era como si él quisiera mantenerse a cierta distancia.

–Aunque en una semana estaremos casados, yo necesitaré un tiempo para... conocerte antes de que... –podía sentir cómo le ardía la cara–. ... nos acostemos juntos.

–Desde luego –dijo él–. No sería tan grosero como para sugerir que comenzáramos a tener una relación física directamente sin que antes nos entendiéramos un poco.

Gemma supuso que su cara expresaba el gran alivio que sentía, pero se forzó a hablar de una manera calmada aunque le dio un vuelco el estómago al pensar en aquel musculoso cuerpo poseyéndola en algún momento en el futuro.

—Gracias. Aprecio tu... paciencia.

—Con el tiempo descubrirás, Gemma, que de hecho soy un hombre con mucha paciencia.

Andreas Trigliani quería casarse con ella para que le diera un hijo; un hijo que ella nunca le podría dar, ya que el cruel destino le había arrebatado la posibilidad de quedarse embarazada.

—Entonces... —dijo ella, tratando de apartar el sentimiento de culpa concentrándose en los aspectos prácticos—. ¿Qué tenemos que hacer para conseguir la licencia a tiempo?

—Déjamelo a mí —dijo él—. Tengo algunos contactos en el mundo jurídico que serán capaces de arreglarlo a tiempo. Seguiremos con lo que hubieras acordado con tu ex novio. ¿Iba a ser una gran boda por la iglesia?

Gemma negó con la cabeza, poniendo mala cara.

—Iba a ser una ceremonia en el registro. No me apetecía ir hasta el altar cojeando por el pasillo de la catedral.

En aquel momento deseó no haber revelado la vulnerabilidad de sus sentimientos tan intensamente.

—Estoy seguro de que serás una novia muy bonita sea cual sea la ceremonia en la que se celebre la boda —dijo él, esbozando una pequeña sonrisa.

—Gracias —Gemma bajó la mirada, y añadió—: Espero que no hubieras estado esperando un traje blanco y un vestido. Yo no soy lo que en tu país se conoce como... virginal.

Andreas se rió ante aquello.

—No sería justo que yo esperara que llegaras a los veintiocho años sin haber experimentado el placer en los brazos de otro hombre, o desde luego de otros hombres.

Gemma era muy consciente del comportamiento que tuvo en el pasado y de que le había aportado una reputación de ser alocadamente promiscua. Se había acostado con unos cuantos novios, pero un incidente que había ocurrido la noche de su veintiún cumpleaños le había dejado un recuerdo que ella daría cualquier cosa por borrar de su mente.

—No tengo ninguna intención de atraer una atención innecesaria sobre esta boda —dijo ella—. Sé que si los periodistas se enteran, se volverán locos, así que quiero que pase inadvertida.

—Lo entiendo. Yo tampoco deseo acaparar más atención de la necesaria sobre mi persona en este momento. Soy un ciudadano relativamente nuevo en este país y espero conseguir lo que quiero sin que haya mucha especulación sobre mis intenciones.

—¿Eres ciudadano australiano? —Gemma frunció el ceño.

—Así es.

—Entonces... entonces, ¿tienes planeado quedarte a vivir aquí para siempre?

—¿No es eso lo que hacen los ciudadanos australianos?

—Sí... pero tú eres italiano y tienes muchos familiares en tu propio país. Parece un gran cambio... un cambio drástico el darle tu lealtad a otra nación.

—Tengo muchos parientes en Italia y tengo ganas de verlos de vez en cuando —dijo—. Todavía tengo intereses económicos en Roma y Milán, pero pensé que era el momento de expandir mi imperio. Sidney es una de las ciudades más cosmopolitas del mundo.

Tiene un precioso puerto y un clima que atrae a muchos turistas. La calidad de vida es envidiable.

A Gemma no le parecía que nada de aquello encajara. Había esperado que él sólo fuese a estar en Sidney durante el tiempo necesario para que ella accediera a la herencia de su padre.

—¿Cómo te enteraste de mi... situación? —preguntó, frunciendo de nuevo el ceño—. ¿Te enteraste por casualidad o de otra manera?

—He estado en contacto con tu padre durante los últimos años. Me dio consejos sobre los negocios en más de una ocasión. Le admiraba muchísimo y me sentí muy agradecido por lo que hizo cuando yo era joven y muy inexperto.

Gemma se quedó mirándolo, impresionada. ¿Cómo había su padre reavivado una relación que ella misma había cortado? Pero se tuvo que recordar a sí misma que no había hablado con su padre durante casi cinco años.

—¿Así que le debes a él tu éxito? —aventuró.

—En cierta manera... sí. Me enseñó con el ejemplo. Me trató con el respeto que trataba a todos sus empleados. Su filosofía era que no importaba el rango que un empleado tuviera; era importante mostrarles siempre tu respeto. Le vi pararse a hablar con empleados de la limpieza, controladores financieros o gerentes con el mismo respeto. Era lo que más admiraba de él.

Gemma había sabido perfectamente cuál había sido la filosofía de vida de su padre, pero, a raíz de un perverso deseo de hacerle daño, no había adoptado esa misma filosofía. Había mirado por encima del hombro a los empleados de la limpieza y de mantenimiento. Ni siquiera les había saludado, por lo que se había ganado la reputación de ser fría y estirada.

Y sin embargo, a pesar de la manera en que su padre había ayudado a Andreas Trigliani en el pasado, era extraño que éste apareciera en el último momento para ofrecerle ayuda cuando más lo necesitaba.

—Me parece demasiada coincidencia que pocos minutos después de que mi novio, Michael Carter, se haya marchado, tú hayas aparecido —dijo, mirándolo con sospecha.

—No ha sido ninguna coincidencia —dijo él—. Tú padre habló conmigo poco antes de morir y me expresó su preocupación sobre tu futuro. No creía que Michael Carter fuese el marido que te convenía.

—No recuerdo haberle contado a mi padre que estaba planeando casarme con nadie.

—Tal vez no, pero él pensó que de todos los candidatos que podrían aparecer el más probable sería el señor Carter.

—¿Por qué? —Gemma le dirigió una mirada abrasadora—. ¿Porque estaba condenado a vivir en silla de ruedas y por mi culpa?

Andreas mantuvo la acusadora mirada de ella durante largo rato antes de contestar.

—No creo que ése fuera el factor más importante... no. Creo que tu padre sentía que estabas yendo por el camino de la destrucción y quería evitarlo en la medida de lo posible.

—No te creo —Gemma se dio la vuelta, enfadada, dándole la espalda.

—No, quizá no, pero la verdad es la verdad tanto si te acuerdas como si no. Tu padre no confiaba en Michael Carter. Le preocupaba que al final éste no pensara en tu interés.

Gemma se dio la vuelta para mirarlo, con el cinismo reflejado en la cara.

–¿Y pensó que a ti sí que te preocupaba?

–Yo estoy comprometido en hacer realidad lo que quería conseguir tu padre y lo que yo mismo quiero conseguir –dijo–. Y también estoy comprometido en hacer realidad lo que tú has estado buscando en vano desde que te conocí hace diez años en la puerta del hotel Landerstalle.

Ella frunció el ceño y le dio un vuelco el corazón.

–¿Estás queriendo decir que nunca me has olvidado?

–Gemma, tú no eres de las que se olvidan.

Ella frunció aún más el ceño mientras los bochornosos recuerdos invadían su mente. Se ruborizó. Se dio cuenta de que él la estaba mirando fijamente.

–Así que recuerdas un poco de nuestro pasado, Gemma, ¿verdad?

Ella lo miró fugazmente, esperando que él no viera la culpa reflejada en sus ojos.

–Te dije... que perdí parte de la memoria en el accidente. Recuerdo muy pocas cosas de... esa época...

Andreas se acercó a acariciarle el brazo, lo que hizo que a ella le recorriera como una corriente eléctrica por el cuerpo. Incluso se le erizó el vello de los brazos.

–No te preocupes, *cara* –dijo él en un tono profundo que hizo que ella de nuevo se estremeciera–. Aceptaremos cada día como se presente. No es importante si no recuerdas todo lo que ocurrió entre nosotros. Lo que importa es este momento. Tenemos que organizar una boda en poco tiempo. Una vez que se celebre, centraremos nuestra atención en los detalles de nuestra vida marital.

A Gemma se le encogió el corazón al pensar en lo que podrían implicar esos detalles.

Había aceptado casarse con un hombre al que había mentido, haciéndole creer que no recordaba su pasado.

Pero en realidad recordaba todo lo que se habían dicho, así como cada insulto y cada risita burlona que ella había compartido con sus superficiales amigas.

Y recordaba cada palabra que le había dicho a su padre cuando le había mentido sobre Andreas, una mentira que se le había escapado de las manos y había hecho que al muchacho le mandaran de vuelta a Italia, desacreditado...

Capítulo 3

TRES días después, esbozando una pequeña sonrisa de victoria, Andreas apareció con la licencia matrimonial, la cual normalmente tardaba un mes en obtenerse.

Gemma miró el documento, preguntándose qué habría sido lo que habría tenido que hacer para conseguirla, pero a tres días de conseguir su propósito todo lo que hizo fue expresarle su gratitud en voz baja, casi inaudiblemente, mientras se preparaban para salir a cenar.

Aquel documento le recordaba el poder del que gozaba Andreas; tenía dinero, mucho dinero, y la clase de contactos que le permitían estar en una posición preponderante.

–Pensé que esta noche sería un buen momento para tratar los detalles de nuestra convivencia –dijo él una vez estuvieron sentados en un estupendo restaurante frente al mar.

–A mí me gusta donde vivo –dijo ella, en un desafiante intento de última hora–. Me gusta la zona y el alquiler es asequible.

–¿Así que la casa ni siquiera es tuya?

–¿Crees que me iría a casar con un hombre del que ni siquiera me acuerdo haber conocido si pudiera resolver todos mis problemas financieros vendiendo mi casa?

—No, desde luego, tienes razón —dijo él. Esperó un momento antes de seguir hablando—. Pero el precio que pueda llegar a alcanzar una pequeña casa no iba a resolver el resto de tus problemas financieros, ¿no es así?

—No —contestó ella, bajando la mirada.

—¿Qué clase de deuda es la que tienes?

—Lo normal... facturas de la tarjeta de crédito... esa clase de cosas. Pero sobre todo no quiero que mi madrastra se apodere de lo que no le corresponde.

—Estuvo casada con tu padre durante algunos años —señaló él razonablemente—. Seguro que tiene derecho a algo.

—No si yo puedo evitarlo —dijo Gemma, con la mirada fría y dura.

Andreas había visto a Marcia Landerstalle un par de veces en el pasado y le había parecido que era el prototipo de segunda esposa. Le costaba aceptar que fuese tan mala como insinuaba Gemma. A Lionel Landerstalle le había aportado mucha felicidad.

—Me temo que claramente tenemos que vivir en otro sitio que no sea tu casa —dijo—. Para empezar es muy pequeña para dos personas, no hay garaje y no me gustaría dejar el coche en la calle.

—Yo no quiero vivir en el hotel.

Andreas observó cómo la cara de ella reflejaba un cúmulo de emociones. Aunque él no tenía ninguna intención de vivir en el hotel, le intrigaba el por qué ella ya no vivía allí.

—¿Por qué no? —preguntó él.

—No me gusta la impersonalidad de vivir en un hotel —contestó, esbozando casi un mohín—. Nunca me ha gustado. Los empleados siempre cambian y nunca sabes quién te va a atender de un día para otro. No quiero vivir ni ir allí nunca más.

Andreas frunció el ceño ante aquella respuesta tan intransigente, preguntándose qué le habría llevado a ello. No le había sorprendido que ella hubiese querido vender el hotel, pero lo que sí le intrigaba era lo pronto que lo quería hacer.

Tampoco entendía por qué prefería vivir en una pequeña casa en una zona no muy buena de la ciudad. Las rejas de las ventanas y las cerraduras reflejaban la necesidad de seguridad que le garantizaba un hotel. Pero quizá ella prefiriera tener intimidad tras su accidente, para esconder su vulnerabilidad. Todavía era una joven preciosa, pero era imposible no percatarse de la fragilidad que le rodeaba como un aura.

Hacía diez años él se había enamorado de ella como un tonto y ella le había estado engañando hasta que dejó claro lo cruel que era.

Pero no volvería a haber amor. Se casaría con ella para así conseguir lo que quería, con sus condiciones. La quería en su cama y ella había accedido... por dinero.

—No tenemos por qué vivir en el hotel —dijo él tras otro momento de silencio—. El hotel se tendrá que reformar y, aunque se tratará de molestar lo menos posible a los huéspedes, como tú has dicho, vivir allí no sería lo ideal.

—Lo siento —dijo ella con la mirada alicaída—. Me siento como si todo el mundo me estuviera mirando.

—Estoy seguro de que estás siendo demasiado sensible.

Gemma levantó la vista y le dirigió una mordaz mirada.

—¿Cómo vas a saber cómo me siento? —dijo ella—. He visto la manera en la que me miran los empleados; me tienen pena. Ahí va la chica que lo tenía todo a sus pies. Pies en los que ya no me puedo poner los zapatos de tacón que solía ponerme para pavonearme por ahí. No lo puedo aguantar. No puedo soportar la pena que me tienen. No puedo soportar la pena de nadie.

Andreas esperó unos segundos a que aquello se mezclara con el resentimiento que sentía hacia ella. ¿Era aquélla la misma mujer que hacía diez años había estropeado su vida? Quería que ella fuese la misma Gemma para así poder llevar a cabo su venganza. Quería ser él el que en aquella ocasión destrozara el orgullo de ella de la misma manera que ella había hecho con él.

El ataque al corazón que le había dado a su padre al poco tiempo de haber vuelto él a Italia había hecho que estuviese aún más decidido a vengarse. Pero, mirando la debilitada figura que tenía delante de él, tenía que admitir que tal vez la vida se le había adelantado, haciéndola pagar antes de que él llegase.

Pero aun así se casaría con ella.

—Si no tienes ninguna objeción, lo arreglaré para que lleven tus cosas a mi casa de Balmoral. Desde ella se puede ir andando a la playa —dijo, rompiendo con el incómodo silencio que se había apoderado de la situación.

—Si tienes casa, ¿por qué sugeriste que viviéramos en el hotel? —preguntó ella, sorprendida.

—Yo no sugerí que viviéramos en el hotel —aclaró Andreas—. Si recuerdas, simplemente saqué el tema de los acuerdos que necesitamos hacer para vivir juntos, y tú, bastante enérgicamente, insististe en que no estabas interesada en vivir en tu antigua casa.

—Es un hotel, no una casa —dijo ella con una amarga mirada—. Y para tu información, nunca fue una verdadera casa para mí.

—Bueno, quizá te sientas más en casa en mi residencia. Tiene unas vistas maravillosas sobre la bahía de Hunters y el Rocky Point.

—Está bien —respondió ella con poco entusiasmo.

—Mira, Gemma, entiendo que esto sea difícil para ti pero, después de todo, soy yo el que te está ayudando, así que lo mínimo que podías hacer es mostrar un poco de entusiasmo.

Gemma lo miró a los ojos.

—Tengo ganas de tener el dinero que me corresponde para hacer con él lo que quiera. Si estoy mostrando menos entusiasmo del que requieres ante la idea de compartir mi vida con un hombre del que ni siquiera me acuerdo, lo siento. Pero no hay nada que pueda hacer para cambiarlo. Nunca pretendí casarme, pero ahora no me queda otra opción.

—¿Y qué pasa con tener hijos? —preguntó él—. ¿También habías apartado esa idea de tu cabeza como parece que ahora hacen muchas mujeres de tu edad?

—No... no... no había decidido no tener hijos.

—¿Planeabas ser madre soltera?

Gemma deseaba poder cambiar de asunto, pero no sabía cómo hacerlo sin levantar sospechas.

—¿Qué te hace preguntar eso?

—Para mí está claro que te ibas a casar con Michael Carter solamente para poder acceder a tu herencia —dijo él—. Está paralítico. Uno asume que no te podría haber dado hijos de una manera natural.

—¿Por qué crees que yo no estaba enamorada de Michael?

—La Gemma Landerstalle que yo conocí no tenía espacio en el corazón para amar a nadie más que a ella misma. Quizá hayas perdido la memoria, o parte de ella, pero no puedes haber perdido tu personalidad junto con ella. Estoy seguro de que, aunque trates por todos los medios de disimularlo, dentro de ese precioso cuerpo todavía reside aquella joven cruel.

—¿Por qué trataría de disimularlo? —preguntó. Un destello de cólera se reflejó en sus ojos.

—Porque harías lo que fuese para acceder a la herencia de tu padre, ¿no es así, Gemma? Lo que fuese. Incluso comprometerte con un hombre al que dices no conocer. Incluso llegar a acceder a tener un hijo suyo.

Gemma se quedó sentada en un sepulcral silencio; no quería revelar su verdadera vulnerabilidad. Se recordó a sí misma que realmente no importaba lo que él pensara de ella. Todo lo que necesitaba de él era que se casara con ella. Se forzaría a ser educada y a mantenerlo alejado de ella durante el tiempo que pudiese.

—Incluso estabas desesperada por casarte con un hombre que no podía ser hombre en la cama, un hombre al que ibas a usar —añadió Andreas con un tono amargo.

Gemma se quedó mirándolo, impresionada, y por fin el enfado se apoderó de ella para rescatarla.

—¿Cómo te atreves a hablar así de Michael? —dijo mientras se levantaba—. Él es... es... —volvió a sentarse al darse cuenta de cómo la miraban los demás comensales. Las emociones la sobrepasaron y comenzó a llorar.

Andreas no había esperado que las lágrimas de ella le fueran a conmover. Deseaba levantarse y abrazarla. Casi lo hace, pero ella se disculpó, murmurando, y se levantó para dirigirse al tocador antes de que él siquiera se pudiese levantar.

Aquellas lágrimas podrían haber sido una actuación para que él no rechazara casarse con ella. Después de todo, se jugaba mucho dinero.

Pero él no estaba preparado para ser vulnerable. No volvería a hacerlo.

No después de lo que había pasado la última vez...

Capítulo 4

TRAS unos minutos Gemma regresó a la mesa, con el maquillaje perfectamente retocado, y su fría calma denotando que su breve pérdida de control estaba superada.

–Lo siento –dijo Andreas–. Ha sido incalificablemente cruel que haya hablado de esa manera de tu ex novio.

–Está bien –dijo ella sin mirarle a los ojos–. Es simplemente que Michael tiene una discapacidad, una incapacidad irreversible, que es culpa mía. Tengo que vivir con ello aunque no recuerdo nada del... accidente –se mordió el labio inferior.

–¿Recuerdas algo sobre aquella noche? –preguntó él tras un momento.

–Un poco. A veces me vienen a la mente fugazmente pequeños detalles... pero la mayoría no tienen sentido. Discutí con mi madrastra, pero no recuerdo sobre qué.

–Y Michael... ¿recuerda él algo sobre el accidente o de lo que lo causó?

–No mucho. Él también estuvo en coma, pero durante mucho más tiempo que yo. Ni siquiera estaban seguros de que fuera a... sobrevivir.

–¿Estabais saliendo por aquel entonces?

Gemma casi se rió a carcajadas, y lo hubiese hecho si hubiese recordado cómo se hacía.

–No. Michael no estaba muy involucrado con mujeres, ¿me entiendes? Hasta hace poco no se lo dejaba saber a la gente. Fue cuando su padre murió, hace un año, que comenzó a sentirse a gusto compartiéndolo con la gente.

–¿Tú siempre lo has sabido?

–Es un término que usamos los australianos –explicó ella–. Se llama «gaydar», sabes... como en un radar. Es la capacidad de saber si alguien es homosexual.

Andreas esbozó una sonrisa.

–¿Cuánto hace que lo conoces? No recuerdo que fuera uno de los muchos pretendientes que tenías hace diez años.

–No... por aquel entonces no lo conocía...

–¿Cómo lo conociste?

Gemma odiaba tener que recordar la noche que conoció a Michael. Le traía a la mente muchos recuerdos angustiosos, y si no hubiese sido por la manera con la que la había ayudado la noche de su fiesta de cumpleaños, ella no habría alimentado la relación entre ellos de la manera que lo había hecho.

–Nos conocimos en... en una fiesta –respondió, con la mirada fija en el suelo–. Él estaba saliendo con un conocido mío. Empezamos a... hablar y yo me sentía a gusto con él. Aunque los mundos de donde veníamos eran bastante diferentes, compartíamos muchas cosas. Ambos habíamos perdido de pequeños a nuestra madre. Comparado con mucha de la gente que conocía, él parecía... un poco más sincero.

–¿En qué sentido?

–No sé... supongo que sentí que no era mi amigo por mi dinero. Es duro, sabes... –por un momento volvió a mirarlo, tratando de no revelar lo turbada que estaba—. El saber a quién le gustas por ser quien eres o por lo que puedes darles.

—¿Qué pasó con todos los hombres que te adoraban y que te seguían como perros falderos?

—Ya sabes lo que dicen sobre los «colegas»; sólo están para los buenos momentos.

—Sí, tienes razón —convino Andreas—. En cuanto la gente sabe que tienes dinero te tratan de manera muy distinta.

Gemma se preguntó si se estaba refiriendo a ella indirectamente. Hacía diez años le había rechazado, pero aun así allí estaba, aceptando convertirse en su esposa.

—Antes sugeriste que mi personalidad no puede haber cambiado... dijiste que no tengo corazón o algo parecido.

—No debí haberte hablado de esa manera —dijo él, frunciendo el ceño—. Todo eso está en el pasado, un pasado que no puedes recordar. No es justo hablar sobre ello. No tiene nada que ver con el futuro... nuestro futuro.

Gemma lo miró brevemente. Ella sabía que no podían tener juntos un futuro, desde luego que no teniendo en cuenta el pasado que se interponía entre ellos.

—¿Has trabajado desde que sufriste el accidente?

—Algo así... —contestó ella—. Trabajo en un refugio para mujeres, pero no estoy en plantilla. La mayoría de las personas que trabajan allí son voluntarias.

Esperó que la cara de Andreas reflejara sorpresa, pero él simplemente bebió un sorbo de su vino.

—Debe de ser un trabajo que exige mucho, pero a la vez muy gratificante.

—A veces sí que exige mucho y además no puedo

vivir para siempre sin tener ingresos. Pretendo dejarlo en cuanto obtenga la herencia de mi padre.

Gemma se estaba dando cuenta de la manera con la que él la miraba. Aquel hombre la afectaba como ningún otro lo había hecho antes. Había algo en Andreas Trigliani que hacía que se le acelerara el pulso y le diera vuelcos el corazón...

—¿Por qué elegiste trabajar cuando eres la heredera de una fortuna? —preguntó él.

—No estaba segura de que fuera a llegar a serlo —contestó ella—. Mi madrastra estaba haciendo todo lo posible para asegurarse de que yo me quedara aparte del testamento de mi padre.

—Pero no lo logró.

—No.

—Así que, a pesar de tus sentimientos hacia él, después de todo tu padre te quería.

Las lágrimas amenazaron de nuevo con brotar de los ojos de Gemma, pero en aquella ocasión logró contenerlas.

—Tenía una manera extraña de mostrarlo, si no mira las condiciones de su testamento.

—Sí, desde luego que son unas estipulaciones un poco extrañas —comentó—. Pero hay que tener en cuenta que era un hombre de negocios astuto al que le gustaba cubrir todos los detalles.

—Sí —estuvo de acuerdo Gemma, esbozando una mueca—. Su pequeña advertencia de que el matrimonio debe durar por lo menos seis meses antes de que se arregle todo el tema de la herencia demuestra que no tenía confianza en mí.

—Pero serás una mujer considerablemente rica el día de nuestro matrimonio —señaló él.

—Sí.

–¿En qué te vas a gastar el dinero? –preguntó Andreas, analizándola con la mirada.

–Estoy planeando hacer algunas inversiones. Quiero forjarme una buena situación, en la cual no tenga que pensar en hacer una carrera.

–Cuéntame las razones que tuviste para ponerte a trabajar en el refugio para mujeres.

Gemma lo miró fugazmente y agarró su vaso de agua.

–No obtuve muy buenos resultados en el colegio. No llegué a la nota para poder estudiar medicina, como mi padre había esperado, ni siquiera para estudiar la carrera más básica. Al principio comencé a trabajar allí para enojar a mi padre. Él me sugirió que trabajara en el hotel, en administración o algo así, pero me negué. Sabía que le decepcionaría que su única hija no aspirara a gran cosa. Pero en cuanto comencé a trabajar en el refugio me empezó a gustar.

–¿Qué es exactamente lo que te gustaba?

–Me gustaba ver a mujeres que le habían dado un vuelco a su vida... y los niños también, especialmente los pequeñines que a menudo estaban muy desconcertados por lo que había ocurrido en sus vidas.

–Está claro que cuando llegue el momento serás una madre estupenda –dijo él, sonriendo enigmáticamente.

Gemma tuvo que apartar la vista. Podía imaginarse el padre tan adorable que sería él.

–También me ha gustado mantener el contacto con varias de las mujeres que han sido capaces de rehacer sus vidas. No hay muchas que mantengan el contacto, pero una de ellas se ha convertido en una buena amiga mía.

–Háblame sobre ella.

Gemma sabía que profundizar en esos temas probablemente sería peligroso, pero había algo en la gentileza de él que le había hecho bajar la guardia.

–No es fácil para las mujeres dejar a una pareja que se ha vuelto violenta –dijo–. La gente cree que la mujer simplemente debería marcharse, pero es muy complicado cuando hay niños, o incluso mascotas, de por medio.

Andreas observó cómo las emociones se reflejaban en la todavía preciosa cara de Gemma. Se le encogió el corazón a pesar de todo lo que ella le había hecho en el pasado. Había estado planeando su venganza y endureciendo su corazón durante mucho tiempo pero, al volver a encontrarse con ella de nuevo, se había dado cuenta de que la gente no siempre es como parece.

Aparentemente Gemma había desarrollado una conciencia social, lo que tal vez no era sorprendente teniendo en cuenta lo que la vida le había deparado a ella misma.

Soportaba la culpa de haber dejado lisiado a un hombre para toda la vida. Aunque ambos habían salido despedidos del coche, el informe pericial había declarado que había sido ella quien conducía. Incluso la habían sentenciado a una pequeña condena carcelaria, condena que, debido a las influencias de su padre, había logrado permutar por una fianza. Y aunque ella decía que tenía amnesia, estaba claro que cargaba con las culpas de lo ocurrido; lo tenía escrito en la cara.

–¿Recuerdas muchas cosas de tu madre? –preguntó él.

Gemma esbozó una extraña sonrisa, tan sutil que apenas hacía mover sus labios, pero aun así era una sonrisa, y él no pudo evitar desear verla más a menudo.

—Sí... era preciosa y olía como a perfume todo el tiempo —dijo ella—. Tenía el pelo rubio como yo, aunque el mío es un poco más oscuro y liso que el suyo. Siempre estaba muy elegante.

—¿Qué ocurrió?

Gemma odiaba aquello, odiaba las explicaciones que todos querían oír y que ella no quería contar. La corta y hermosa vida de su madre terminó con una enfermedad común que se podía haber evitado si se hubiese tratado a tiempo.

—Murió debido a la ruptura del apéndice.

—¿En esta época? —dijo él, levantando las cejas, sorprendido.

—Ocurrió hace dieciocho años —aclaró ella, mirándolo brevemente a los ojos—. Tuvo una septicemia, y para cuando mi padre se dio cuenta de lo mal que estaban las cosas, ya era demasiado tarde. Sus órganos comenzaron a pararse y no había nada que nadie pudiese hacer.

—¿Es por eso que siempre has tenido una especie de resentimiento hacia tu padre? —supuso él—. ¿Le haces responsable de la muerte de tu madre?

—No... sólo fue una de esas cosas que ocurren —mintió ella, sabiendo que durante toda su vida siempre le había acompañado el enfado por lo que había perdido debido a que su padre había estado demasiado ocupado construyendo su imperio particular en vez de tener en cuenta las necesidades de su esposa. Su madre había pagado el precio de su negligencia y Gemma estaba en cierta medida, incluso en aquel momento, pagándolo también.

—Debió de ser muy difícil para ti crecer sin tu madre durante tu adolescencia –dijo él–. ¿Fue tu madrastra capaz de llenar un poco el vacío que había dejado ella?

–A mi madrastra le encantaba el papel de sustituir a mi madre –dijo Gemma, esbozando una triste expresión–. Tomó la responsabilidad con tanto entusiasmo, que hubiese impresionado a cualquiera.

–Excepto a ti.

Gemma no podía mantener la penetrante mirada de él y bebió un sorbo de agua.

–No has probado el vino –observó Andreas.

Gemma miró el vaso de vino blanco que tenía delante de ella.

–Realmente no me gusta el alcohol.

–Creo recordar que en el pasado te gustaba mucho.

–Sí... bueno, puede que ése fuera el caso, pero no me acuerdo –mintió de nuevo.

Recordó cómo se había comportado en el pasado; había bebido cualquier cosa que tuviera al alcance en un intento de anestesiar el dolor que había llevado por dentro. No había sospechado que le iba a llevar a destruir su vida de la manera que finalmente había ocurrido.

–Cuéntame sobre tu familia –pidió ella, tratando así de pensar en otra cosa que no fuera lo culpable que se sentía.

–Tengo dos hermanas pequeñas, Gianna y Lucía. Ambas están casadas y esperando el nacimiento de sus respectivos hijos en pocas semanas. Mi madre es una mujer maravillosa que incluso tras tanto tiempo todavía trata de sobrellevar el dolor por la muerte de mi padre. Lo echa muchísimo de menos y ahora aún más, ya que los nietos que ella y él tanto ansiaban están por llegar. Me gustaría que te conociera pronto para que así se distrajera un poco.

—Eso parece buena idea —dijo Gemma, humedeciéndose la boca—. Pero... ¿qué le contarás sobre... nosotros? Quiero decir que... ¿no se quedará muy impresionada cuando le digas que te vas a casar conmigo tan pronto?

—Mi madre es una romántica empedernida —dijo él—. Ya le he contado que te conocí años atrás. Me creerá cuando le diga que nos hemos vuelto a encontrar.

—¿Así que... así que vas a fingir que estás realmente enamorado de mí?

—Desde luego. ¿Cómo si no explicaría un matrimonio tan precipitado?

Gemma frunció el ceño ante la idea de conocer a la madre de Andreas.

—Pero cuando ella me conozca... se va a dar cuenta de que algo no marcha bien.

—¿Cómo?

—Para empezar, nosotros no nos amamos, y también está el tema de cuándo me sentiré preparada para... para... dormir contigo.

—Comenzaremos nuestro matrimonio durmiendo en la misma habitación, Gemma, en la misma cama. Insisto completamente en ello.

—Pero yo no quiero...

—Ya te dije ayer que no te forzaré. Eso sería despreciable. No consumaremos nuestro matrimonio hasta que tú no estés preparada. Puedes confiar en mí, aunque realmente no entiendo cuál es tu problema. Eres una mujer con mucho mundo. No tardarás mucho en sentir la misma atracción física por mí que yo siempre he sentido hacia ti.

Gemma deseó que él no pudiese darse cuenta de la aprensión que ella podía sentir en cada poro de su cuerpo.

—Hablas de una manera tan... tan clínica... como si el deseo pudiese encenderse y apagarse como un interruptor.

—A veces es así —dijo él, sonriendo enigmáticamente de nuevo.

Ella apartó la mirada para evitar que él viera la culpa reflejada en sus ojos. Recordaba demasiado bien cómo había coqueteado con él, como también lo había hecho con otros hombres. Había salido con él varias veces para después haberse reído con sus amigas a sus espaldas de cómo le había abierto las puertas y separado las sillas para que se sentara. Él la había mirado con adoración en los caros restaurantes y bares de copas a los que ella había insistido que la llevara. Él había sido siempre un caballero, lo que, a pesar de lo que ella les había contado a sus amigas, le había impresionado. Andreas había sido muy distinto a los otros muchachos con los que ella había salido; él la respetaba.

Al final la había asustado por el modo con que la había mirado, con aquella mirada tan penetrante que había parecido que había podido ver los demonios que ella había escondido...

—¿Por qué te odias tanto, Gemma? —había preguntado él cuando ella había vuelto del tocador.

Gemma había vomitado la comida que él había podido pagar trabajando tan duramente.

—Yo no me odio, Andreas. Me quiero. Mírame, soy rica. Estoy delgada y soy atractiva... ¿qué más podría desear una mujer?

Él se había quedado mirándola con tanta pena, que

había hecho que ella se enfadara. No había querido la pena de nadie. Y desde luego que no la de un botones italiano.

Entonces ella le había sonreído seductoramente por encima de la mesa, le había tentado con la promesa de su cuerpo y le había tocado seductoramente...

—Me deseas, ¿no es así, Andreas? —había preguntado, susurrando—. Realmente, *realmente* me deseas.

—Sabes que así es —había contestado él con la voz áspera y profunda.

«Ves, Marcia», había tenido ganas de decir ella en alto. «A pesar de lo que tú piensas, los hombres me encuentran irresistible».

—Bueno, pues yo también te deseo, Andreas —había susurrado de nuevo ella—. Quiero que me beses, que me toques y que me hagas sentir como una mujer.

Entonces le había tomado de la mano y lo había llevado a su habitación del hotel. Una vez dentro, se había apoyado en la puerta, con los ojos brillantes.

—¿Por qué no vienes a por mí, Andreas? Demuéstrame lo hombre que eres.

—¿Por qué tienes tanto miedo de ser tú misma? —le había preguntado él—. No eres la pequeña coqueta sin escrúpulos que quieres hacer creer a todo el mundo. Estás herida, Gemma, y yo no voy a contribuir a herirte más. Esperaré a que vengas a mí como una igual.

Ella le había dirigido entonces una mirada mordaz y había resoplado.

—¿Cómo una igual? ¿Tú y yo? ¿Estás de broma?

—Yo soy un ser humano igual que tú —había contestado él con serenidad.

—Tú eres un campesino, eso es lo que eres —había

dicho ella, riéndose de manera cruel–. ¿Crees que realmente iba a hacerlo contigo? ¡Qué locura! Te estaba tomando el pelo. No me iba a acostar contigo. No tienes ni un dólar a tu nombre. Eres el último hombre sobre la faz de la tierra con el que me plantearía acostarme. ¿Realmente crees que me rebajaría tanto? No sabrías nada sobre cómo complacer a una mujer. Todavía ni siquiera eres un hombre. Ni siquiera has intentado besarme ni una sola vez.

–Eso puedo remediarlo fácilmente –había dicho él, acercándose a ella y acariciándole los brazos.

Ella se había echado para atrás, gritando.

–¿Qué es lo que ocurre? –había preguntado el padre de Gemma, que había aparecido de repente en la puerta.

Había sido uno de esos momentos en los que se toman decisiones rápidamente... una decisión que quizá no hubiese tomado en otras circunstancias, en otro lugar o con otro contexto.

Había salido corriendo hacia su padre, echándose en sus brazos...

–Él estaba tratando de... de... de...

La manera protectora con que la había abrazado su padre había hecho que ella dejara de hablar por un momento. No había podido recordar la última vez que su padre la había abrazado de aquella manera. Incluso había sido una sensación extraña, como si él no hubiese sabido cómo abrazarla ni calmarla.

Se había acurrucado entre los brazos de su padre y, desesperada por prolongar aquel abrazo, había dicho entre sollozos el resto de su despreciable mentira...

Capítulo 5

MANDARÉ a una empresa de mudanzas a por tus cosas el viernes por la mañana –dijo Andreas–. Nos casaremos ese mismo día por la tarde, a las tres. Tan pronto como podamos arreglarlo, me gustaría que fuésemos a Italia. Mi madre y mis hermanas tienen muchas ganas de conocerte.

A Gemma le había dado demasiada vergüenza haberle preguntado a su padre qué había ocurrido con el botones una vez que éste había sido despedido. Ya había sido suficientemente malo haber presenciado la escena que se había dado en su habitación. Andreas se había quedado de pie frente a su padre, en silencio y con orgullo, sin haber defendido su inocencia. Sólo había mirado una sola vez a Gemma antes de que ésta se hubiese marchado, pero aunque breve, aquella mirada había dejado claro su promesa de venganza.

–¿Por qué se acortaron las vacaciones en las que estuviste trabajando?

–Me echaron del trabajo que me había dado tu padre –contestó él, mirándola fijamente.

–¿Por... por qué? –preguntó ella, humedeciéndose los labios.

–Me acusaron de algo que no hice.

–Estoy segura de que, si lo hubieras explicado, mi padre te hubiese escuchado.

–Tal vez lo hubiese hecho si yo hubiese pensado que merecía la pena defenderme, pero en aquel momento no lo pensé –dijo, esbozando una funesta sonrisa.

–¿Por qué pensaste que no merecía la pena?

–El orgullo es un sentimiento muy poderoso, ¿verdad, Gemma? Yo tenía demasiado por aquella época y se volvió en mi contra de una manera que nunca pensé fuera posible.

Gemma sintió que se le encogía el corazón.

–¿Qué... qué pasó?

–Mi padre confiaba en el dinero que yo iba ganando para pagar algunas deudas. Se había dañado la espalda y no podía trabajar. Mientras estuve aquí mandaba todo el dinero que me era posible, pero había planeado quedarme por lo menos un año. Cuando llegué a mi casa me empezaron a preguntar y no tuve otra salida que contarles lo que había ocurrido –hizo una pausa que pareció una eternidad–. Mi padre murió de un infarto de miocardio la semana siguiente. Siempre he pensado que fue por el estrés de mi innoble regreso a casa, sin tener el dinero que él necesitaba para salvar la situación financiera de la familia.

Gemma sabía que su cara estaría reflejando lo impresionada que estaba, pero no había nada que pudiera hacer para disimularlo.

–¿Por qué no intentaste conseguir trabajo en otro hotel?

–Tu padre me dejó claro que mi nombre estaría en la lista negra de la industria hotelera. No tenía ninguna razón para creer que no cumpliría su amenaza. Decidí que era mejor regresar a casa antes de ceder a la tentación de llevar a cabo la revancha que deseaba con todas mis fuerzas.

–¿Re... revancha? –a Gemma le dio un vuelco el corazón.

–Quizá sería preferible utilizar la palabra justicia. Quería limpiar mi nombre, pero al final fue tu padre el que decidió que yo había dicho la verdad. Hace un par de años me telefoneó y se disculpó por cómo me había tratado. Fue generoso por su parte dadas las circunstancias.

–¿Por qué cambió de opinión?

–Ya no creía en la versión de los hechos que había contado la otra persona –respondió tras un momento de silencio–. Aparentemente no era la primera vez que le mentía.

–Entonces... ¿dónde vives en Italia? –preguntó Gemma en un intento desesperado por cambiar el tema de conversación.

–Pasé la mayor parte de mi niñez viviendo en las afueras de Roma, pero ahora tengo una residencia vacacional en la costa de Amalfi –respondió–. ¿Has estado en Italia alguna vez?

–Hace mucho tiempo –contestó–. Recuerdo la fuente de Trevi, el Coliseo y el Vaticano. Me acuerdo de que hacía calor, que había mucho tráfico y que nadie parecía obedecer las reglas de circulación.

–Sí, eso todavía no ha cambiado. Pero Sidney también es así a veces.

–Sí.

En ese momento se creó otro tenso silencio.

–¿Sigues conduciendo? –preguntó él.

–No. Probablemente sea cobarde por mi parte, pero después de lo que yo... de lo que pasó, no soy capaz de arriesgarme. Además de que no me hubiese podido permitir mantener un coche.

–Seguro que tu padre te hubiese ayudado.

Gemma lo miró a los ojos, con la amargura reflejada en los suyos.

–En alguna de las conversaciones que mantuviste con mi padre antes de que muriera... ¿no te comentó nada sobre la decisión que tomé pocos meses después de mi accidente de cortar lazos con él?

–No hablábamos a menudo, lo máximo un par de veces al año. Cuando pregunté por ti, todo lo que me dijo fue que continuabas siendo tan difícil como siempre; que no querías ni hablar con él ni visitarle.

–Estaba enfurecida con él –dijo ella, apartando la vista–. Como de costumbre era por mi madrastra. Le di un ultimátum... que fracasó. Eligió la versión de los hechos que le contó ella antes que creerme a mí. Parecía pensar que yo estaba rellenando con tonterías las partes de mi memoria que me faltaban.

–¿Qué es lo que no te gusta de tu madrastra?

Gemma volvió a mirarlo. Estuvo a punto de contárselo, pero Andreas no la creería más de lo que había hecho su padre. Él también rechazaría lo que ella estaba contando.

Nadie creería la verdad. A veces incluso ella misma lo dudaba, sobre todo tras el accidente.

–¿Gemma? –provocó él.

–No importa –dijo ella, apartando su plato–. Mi padre está muerto y debido a mi orgullo fuimos incapaces de decirnos las cosas que debieron haber sido dichas para aclarar las cosas. Ahora ya es demasiado tarde.

–Él debía de ser igual de orgulloso que tú, ya que podía haberse acercado a ti primero –señaló Andreas.

–Sí... era orgulloso –dijo Gemma, frunciendo el ceño, resentida–. Supongo que eso era parte del problema. No le gustaba fracasar. Lo odiaba. Y a mí me veía como su mayor fracaso.

—Estoy seguro de que le estás juzgando errónea-mente.

—¿Ah sí? —dijo ella, mirándole con los ojos bri-llantes—. Mírame, Andreas, a duras penas soy lo que alguien llamaría una persona de éxito, ¿no es así?

—Estás siendo muy dura contigo misma —dijo él—. No hay nadie que no se haya equivocado y después no se haya arrepentido de sus errores.

—Desearía haber sido yo en vez de Michael —dijo ella con la voz entrecortada—. No tienes ni idea de cómo desearía poder volver atrás en el tiempo y vol-ver a escribir el pasado.

—Quizá sea una bendición que no recuerdes gran parte de tu pasado.

—Sí... —dijo, emitiendo un pequeño, casi inaudible suspiro—. Sí... lo es...

El camarero retiró sus platos y, una vez que Gemma dijo que no quería ni postre ni café, Andreas sugirió que se marcharan. La dirigió hacia su coche, ayudán-dola a entrar y a ponerse el cinturón de seguridad. Accidentalmente, su mano rozó un pecho de ella, que se echó para atrás como si le hubiesen quemado.

Aquella reacción sorprendió a Andreas. En el pa-sado, ella no había sido tan reacia a que un hombre la rozara. Él mismo había visto cómo ella se había aga-rrado a su último pretendiente sin ningún decoro. Ha-bía llevado ropas provocativas, acorde con su com-portamiento.

Era difícil creer que era la misma persona la que estaba sentada en su coche en aquel momento, con los músculos de todo su cuerpo en tensión por el miedo que parecía sentir.

Miedo a la repugnancia... Andreas frunció el ceño ante aquello.

No se podía fiar de Gemma. El mismo padre de ésta se lo había dicho poco antes de morir; Gemma tenía la costumbre de usar a las personas y a las situaciones para conseguir lo que quería. Lo había hecho durante toda su vida.

Quizá fingiera que le repugnaba que la tocara, pero estaba seguro de que en pocas semanas le estaría suplicando que estuviera con ella...

Gemma se sentó en silencio en el coche, tratando de recuperar la calma. Sentir la caricia que había provocado el roce de la mano de Andreas le había impresionado, pero no por las razones que había esperado.

Durante años había estado evitando que ningún hombre la tocara. Incluso había elegido médicos y dentistas que fueran mujeres para así poder evitar recordar el día en que su vida había sido destrozada por un hombre, un hombre que le había robado su dignidad tomándola por la fuerza mientras ella había estado demasiado borracha para evitarlo.

Pero aquella caricia de Andreas no había tenido nada que ver con aquello. Había removido deseos profundos que ella pensaba no tener ya.

Miró sus manos y vio que en aquel momento todo lo que tenía eran diez uñas mordidas. Las escondió cuando él salió del coche y se dirigió a abrirle la puerta. Deseó ser capaz de salir del coche como lo había hecho en el pasado, con una agilidad y gracia que había dado por sentado. En vez de eso, tenía que respirar profundamente, preparándose para soportar el dolor que cualquier movimiento repentino hacía que le recorriera su dañada pierna.

Andreas le ofreció la mano y ella la aceptó, dejándose ayudar. Trató de disimular el gesto de dolor, pero él había debido de darse cuenta, ya que la tomó con ambas manos, delicada pero firmemente.

–¿Estás bien? –preguntó con la preocupación reflejada en la cara–. Estás muy pálida.

–Estoy bien –Gemma trató de sonreír, pero su boca no cooperaba–. Es sólo que mi pierna se queda un poco entumecida tras haber estado sentada. Pronto estará mejor.

Andreas la acompañó a la puerta, sujetándola por el codo.

–¿Los daños en tu pierna son irreversibles?

–Me la rompí por varios sitios y se mantiene junta por una serie de tuercas y tornillos –contestó ella mientras buscaba sus llaves en el bolso.

–¿No se puede hacer nada para mejorarla? –preguntó él.

–Tengo que desconectar el sistema de seguridad –dijo ella, sin contestarle.

Andreas esperó mientras ella introducía el código en el panel de seguridad.

Una vez abierta la puerta, siguió a Gemma dentro de la casa, cerrando la puerta tras él.

–No, no hay mucho que se pueda hacer –dijo ella, retomando el tema de su pierna–. Los médicos me aseguran que con el tiempo me dejará de doler tanto, pero no puedo evitar pensar que sólo tratan de tranquilizarme.

–¿Necesitas algo para el dolor?

–No... de verdad, estoy bien. Una vez te hayas marchado haré algunos ejercicios de estiramiento y estaré como nueva... bueno, no tanto –añadió, esbozando una compungida mueca–. Pero a diferencia de otras personas, por lo menos todavía puedo andar.

Se dio la vuelta para colocar su bolso sobre la mesita del teléfono. Andreas observó cómo ella miraba el contestador automático, pero la luz no parpadeaba; no había llamado nadie.

No pudo evitar pensar que ella vivía una vida solitaria encerrada en su pequeña casa.

–¿Te gustaría tomar un café? –preguntó ella.

Él supuso que lo preguntaba por ser educada más que porque deseara que él se quedara durante más tiempo.

–Un café estaría bien –contestó–. Pero... ¿por qué no lo hago yo mientras tú pones tu pierna en alto?

Los ojos de Gemma brillaron con el feroz orgullo que él siempre había asociado con ella.

–Por favor, no me tengas pena –espetó ella–. Puedo preparar una taza de café sin caerme.

–No estaba sugiriendo que no pudieras. Pero, como he dicho hace un par de minutos, estás pálida. Sólo estaba tratando de ayudar.

–No necesito tu ayuda.

–Ah, sí que la necesitas, Gemma –le recordó él, acercándose a ella–. Me necesitas más que a nada. Sin mí perderías todo.

Gemma no podía apartar su mirada de los provocativos ojos de Andreas. Podía oler el perfume de su aftershave, lo olió hasta que sus sentidos comenzaron a tambalearse. Incluso podía sentir la calidez que desprendía su cuerpo, ya que él estaba muy cerca de ella.

Contuvo la respiración cuando él acercó una mano

a su cara y le acarició la mejilla, haciendo que a ella se le erizaran los pelillos de la nuca.

–Por tu interés, *cara,* debes tratarme bien hasta que consigas lo que quieres. ¿No crees? –preguntó él, arrastrando las palabras de una manera muy sexy.

A Gemma le recorrió un escalofrío por los brazos. Se humedeció los labios, tratando de no dejar entrever que le faltaba el aliento.

–¿Qué... qué es lo que estás diciendo?

–Eres la cautivadora mezcla de dos personas, ¿no es así? La egoísta y orgullosa joven de hace diez años y la nueva mujer en la que te has convertido; frágil, sensible y que yo encuentro completamente irresistible.

Hacía mucho tiempo que Gemma no había pensado que era irresistible y trató de que aquel cumplido no le afectara, pero le fue difícil. Deseaba sentirse bella de nuevo. Bella tanto por dentro como por fuera. Ella ya no tenía nada que ver con la jovencita que había sido hacía diez años. Las lecciones que la vida le había dado habían sido duras, pero ella las había aprendido muy bien y no pretendía volver a cometer los mismos errores.

–Por aquel entonces sólo era una quinceañera –dijo con un áspero susurro–. Cuando nos conocimos sólo tenía dieciocho años.

De repente, Andreas la miró perspicazmente.

–Pensaba que no podías recordar nada sobre aquella época.

A Gemma le dio un vuelco el corazón con tal intensidad, que pensó que se le iba a salir del pecho.

–Hum... yo... yo no... pero como has dicho que fue hace diez años y yo... calculé. Yo tenía dieciocho años. Era todavía una quinceañera... más o menos...

Pareció que Andreas creyó que ella estaba diciendo la verdad. Le acarició el labio inferior, mirándola a los ojos antes de dirigir su mirada a su boca.

Gemma observó cómo acercaba la cabeza cada vez más hacia ella, pero no hizo nada para alejarse cuando él por fin posó su boca en la suya.

La besó dulcemente, mucho más de lo que ella había esperado y desde luego mucho más a cómo nadie la había besado antes. Pero aun así ella podía sentir la corriente de sensaciones que provocaba tener sus labios juntos, haciendo que a los de ella les recorriera un cosquilleo y desearan todavía más presión de los de él, ansiando la posesión de su lengua.

Pero él, como si no quisiera hacer el beso más profundo, se apartó.

—Creo que no me tomaré ese café –dijo él–. Sin duda me mantendría despierto durante toda la noche.

Gemma se quedó allí de pie, insegura y en silencio. Observó cómo él se dirigía hacia la puerta y cómo se marchaba sin siquiera mirar hacia atrás.

Mientras se sentaba en el sofá más cercano respiró profundamente, tocándose los labios.

Nunca antes se había sentido más insegura...

Capítulo 6

AL DÍA siguiente por la mañana, Gemma fue a visitar a una amiga que había conocido en el refugio, Rachel Briggs, y a su hija pequeña, Isabella. Ambas vivían en un pequeño piso alquilado en un tranquilo barrio a una hora en tren del centro de la ciudad.

—¿Cómo está? —le preguntó Gemma a Rachel una vez se hubieron sentado con algo caliente para beber.

—Tuvo de nuevo un ataque más o menos a las seis de la madrugada —dijo Rachel—. Pero ahora está durmiendo tranquilamente.

A Gemma todavía le costaba creer que el propio padre de la pequeñina, que tenía tres años, le hubiese provocado tener epilepsia debido a la severa fractura que le había causado en el cráneo. Le ponía enferma pensar que alguien pudiese tratar así a su propia hija. El padre estaba en aquel momento cumpliendo una pena de prisión, pero parecía que no era demasiado larga teniendo en cuenta lo que le había hecho a una niña inocente. En pocos meses iba a salir en libertad condicional. Era muy injusto cuando su hija tenía una sentencia de por vida... a no ser que el plan de Gemma saliera adelante.

—Escucha, Rachel —dijo, echándose para delante en la silla—. Tengo un plan. En poco tiempo voy a recibir unos fondos. Será suficiente para pagar la neurocirugía que Isabella necesita.

–¡No puedo dejar que hagas eso! Podría costar por lo menos cien mil dólares, sin tener en cuenta el precio del viaje y de la estancia en los Estados Unidos.

–Lo sé, pero estoy a punto de heredar un dinero. No te lo había dicho antes porque no quería que te hicieses ilusiones, pero en dos días tendré el suficiente dinero como para que vayáis a los Estados Unidos durante el tiempo que sea necesario para que Isabella se cure.

–La operación es peligrosa... –Rachel se mordió el labio, inquieta–. Sólo hay un médico que la hace en América. ¿Qué ocurriría si sale mal y se tiene que quedar hospitalizada durante meses? Podría acabar costando una fortuna.

–Cruzaremos ese puente sólo cuando lleguemos a él –dijo Gemma–. Me tienes que dejar hacer esto, Rachel. Por favor, no me robes la oportunidad de arreglar algo en mi vida.

Rachel, confundida, frunció el ceño.

–¿De qué estás hablando? Eres la persona más dulce y amable que conozco. ¿Cómo podrías haber hecho algo mal en tu vida?

–No soy para nada una persona dulce. Tengo un pasado del que estoy muy avergonzada. Ha vuelto a perseguirme, pero estoy decidida a arreglar lo que pueda. Y éste es uno de los caminos... darle a la pequeña Isabella la oportunidad de tener una vida normal. No se merece que le roben la niñez con una enfermedad crónica.

Las lágrimas de agradecimiento que le corrían a Rachel por las mejillas eran toda la gratitud que Gemma necesitaba.

–No puedo creérmelo... es como un sueño hecho realidad... un milagro... –Rachel comenzó a sollozar–. No sé cómo darte las gracias.

–No quiero que me las des. Pero insisto en que no le digas a nadie quién te dio el dinero –dijo Gemma–. Por favor, Rachel, es muy importante que no se lo digas a nadie. Podría ser peligroso para Isabella y para ti.

–¿Por Brett? –Rachel la miró, preocupada.

–No quiero que la prensa se entere de esto –dijo Gemma–. Yo provengo de un entorno de gente con dinero. No quiero atraer atención innecesaria sobre mi persona y, al hacerlo, que recaiga en ti. Podría llegar a oídos de Brett.

La expresión de Rachel se ensombreció debido a la aprensión que sentía.

–¿Crees que podría llegar a encontrarme?

–Si tu nombre sale en la prensa... ¿quién sabe lo que podría llegar a pasar? –le advirtió Gemma–. Además de que no sería conveniente que él descubriera que tienes dinero. Va a salir en libertad condicional en poco tiempo. Ya sé que te has mudado de casa y todo eso, pero los hombres como él frecuentemente son muy decididos. Quizá intente localizarte.

–Supongo que tienes razón, pero no parece justo que no tengas la oportunidad de que todo el mundo se entere de lo generosa que eres.

–No estoy interesada en que nadie se entere de nada. Hace algunos años los medios de comunicación me lo hicieron pasar muy mal. ¿Recuerdas que te dije que tuve un accidente?

Rachel asintió con la cabeza.

–Bueno... las cosas son un poco complicadas, pero es suficiente decir que para los medios de comunicación tengo una mala reputación. Harían su agosto con esto, inventándose lo que les apeteciera para vender más periódicos.

–¿Por lo menos se lo puedo decir a mi madre?

–preguntó Rachel–. Necesitaré que ella venga con nosotras.

–Se lo puedes decir a tu madre, pero a nadie más –insistió Gemma–. No quiero poneros en peligro ni a Isabella ni a ti.

Por un momento, los ojos de Rachel reflejaron el miedo que sentía.

–Lo sé... todavía vivo mirando por encima de mi hombro todos los días, preguntándome si Brett le ha ordenado a algún colega suyo que me mate de su parte. Me amenazó varias veces con ello.

–Ahora puedes dejar todo eso atrás. Este viaje a los Estados Unidos será justo la distracción que necesitas.

–No me puedo creer que esté pasando esto –dijo Rachel–. Nunca pensé que Isabella fuese a tener una oportunidad de tener una vida normal. Yo nunca me lo hubiese podido permitir y siempre me ha dado demasiado miedo hacerlo público y así poder recaudar fondos. ¡Estás siendo tan generosa!

–No, la verdadera generosidad es dar algo que no te puedes permitir. Yo me puedo permitir darte lo que necesites para ayudar a Isabella. No tiene nada que ver.

–Eres siempre tan modesta y dura contigo misma. ¿Qué te ocurrió para que seas así?

Gemma le dirigió a Rachel su versión de lo que era una sonrisa, pero en ella había tristeza.

–La experiencia, Rachel –dijo–. He aprendido de una manera dura lo que es importante en la vida.

–Sí, bueno, así como yo –dijo Rachel con una compungida mueca–. Estuve con Brett demasiado tiempo y mira lo que pasó. Si hubiese tenido el coraje de marcharme desde un principio...

Gemma tomó la mano de su amiga y le dio un apretón, tratando de darle ánimos.

—No te culpes. Fue Brett quien le hizo daño a Isabella, no tú. Tú hiciste todo lo que pudiste.

Rachel suspiró y, acercando la mano de Gemma a su cara, la besó.

—Tú me has cambiado la vida. Desde que te conocí, me siento como una persona distinta.

Gemma trató de contener las lágrimas, se mordió la lengua, pero aun así no pudo evitar romper a llorar. Avergonzada, se restregó las mejillas, pero Rachel se acercó a ella y la abrazó.

—Es la primera vez que te veo llorar —dijo Rachel sobre el hombro de Gemma.

—Normalmente lo hago en la ducha o en el baño. De esa manera no puedo ver cuánto líquido estoy perdiendo.

Rachel la miró y sonrió.

—Tú más que nadie mereces ser feliz. Me pregunto cuándo será tu turno.

—Podría ser antes de lo que piensas —dijo Gemma, odiando el hecho de que tuviera que actuar como si se sintiera muy feliz—. Me caso el viernes.

—¿*Te casas*? —Rachel dio un grito ahogado—. ¿*Este viernes*?

—Sí... con un... hombre que conocí hace mucho tiempo. Es un idilio un poco tormentoso, pero él nunca me ha olvidado y bueno... nos vamos a casar.

—Caramba, Gemma, esto es muy repentino, ¿no es así? ¿Estás segura de que estás haciendo lo correcto? Tú, como todo el mundo en el refugio, sabes lo que puede pasar cuando una mujer se lanza a tener una relación con un hombre que no conoce muy bien.

—Andreas no es así. Estaba enamorado de mí hace diez años y ha vuelto para encontrarme.

—Nunca antes le habías mencionado.

Había muchas cosas que Gemma no le había men-

cionado a su amiga, pero pensaba que aquél no era el
momento de revelar los sórdidos detalles de su vida
pasada. Después de todo, sólo conocía a Rachel
desde hacía unos pocos meses y su amistad se había
centrado en cuidar de Isabella, quien estaba muy enferma la mayor parte del tiempo.

—No, ya lo sé, pero déjame asegurarte que tengo
muchas ganas de estar casada con él —dijo, siendo
muy honesta, ya que si no la operación de Isabella no
se podría realizar.

—¿Cómo es?

—Bueno, es italiano y extremadamente atractivo
—respondió Gemma, siendo de nuevo muy sincera—.
Y me hace sentir cosas que hacía mucho no sentía.

—Entonces lo amas, ¿verdad?

Gemma frunció el ceño de una manera burlona,
aunque le dio un vuelco el estómago al considerar la
pregunta de su amiga.

—¿Qué clase de pregunta es ésa?

—Sí... bueno, supongo que más o menos me has
contestado —dijo Rachel, sonriendo—. Puedo ver que
sí que lo amas... la expresión de tu cara cuando hablas de él deja claro que te ha robado el corazón.
¡Qué suerte tienes!

«¡Qué suerte tengo, desde luego!», pensó Gemma
mientras se marchaba poco tiempo después. Se tenía
que casar con él y hacer que el matrimonio durara lo
suficiente en caso de que Rachel e Isabella necesita-
ran más dinero.

Seis meses de matrimonio con Andreas Trigliani.
Seis meses más de secretos y mentiras...

Más tarde ese mismo día, Andreas, tras haber llamado a la puerta de Gemma, esperó a que ésta abriera,

pero los minutos pasaban y no había respuesta, ante lo cual no pudo evitar preocuparse. Había hablado por teléfono con ella aquella misma tarde para sugerirle que volvieran a cenar juntos para discutir los asuntos económicos que una unión como la suya implicaba.

–Vamos, Gemma –dijo en alto, llamando al timbre de nuevo–. Sé que estás dentro.

Entonces la puerta se abrió, pero al ver lo pálida que estaba y lo empañados que tenía los ojos se quedó impresionado.

–Lo si... siento, Andreas... no creo que vaya a poder salir a cenar. No me encuentro muy bien.

–*Che cosa ti succede?* –preguntó, abriendo la puerta de par en par.

Gemma lo miró sin comprender.

–Lo siento. No he entendido ni una sola palabra de lo que has dicho.

Andreas refunfuñó y entró en la casa, cerrando la puerta tras de sí.

–¿Qué demonios te ocurre?

–Tengo un dolor de cabeza terrible... de vez en cuando me ocurre.

–¿Puedo hacer algo? –preguntó él, con la preocupación reflejada en la cara y en la mirada.

–No –contestó ella–. Sólo necesito tumbarme en una habitación oscura.

Él la acompañó a su habitación y la ayudó a meterse de nuevo en la cama, que estaba muy desarreglada. Las persianas estaban bajadas y el aire era cálido.

Una vez que ella estuvo tumbada y tapada con la fina sábana de su cama, Andreas se dirigió a abrir la ventana tan silenciosamente como pudo para que entrara aire fresco.

Tras hacerlo se quedó de pie, mirándola. Estaba muy pálida y tenía un aspecto tan enfermizo, que él se preguntó si debía llamar a un médico.

—Gemma —dijo en un tono de voz bajo, acercándose a la cama—. ¿Quién es tu médico? Creo que te debería ver. Tienes muy mal aspecto.

Ella agitó la mano en señal de protesta, pero sin hacerlo con energía.

—No... por favor... estaré bien. Es sólo un dolor de cabeza. Me ocurre a menudo. He tomado unos analgésicos muy fuertes y pronto comenzarán a hacer efecto. Simplemente necesito dormir...

Andreas observó cómo se le cerraban los párpados y cómo emitió un pequeño suspiro cuando la medicación comenzó a hacer efecto.

—¿Gemma?

—Estoy tan cansada... —bostezó como un niño pequeño, y se acurrucó aún más en la almohada, suspirando de nuevo antes de que su cuerpo se relajara por completo.

Él esperó hasta que estuvo seguro de que estaba dormida antes de acercarse a la cama. Se quedó mirándola durante largo rato. Tenía la cara como la de un ángel, su precioso pelo rubio esparcido por la almohada como la seda.

—*Non ti ho dimenticato mai* —dijo, y luego lo tradujo, en caso de que alguna parte del subconsciente de ella lo oyera—. Nunca te he olvidado.

Capítulo 7

GEMMA se despertó durante la noche con mucha sed, pero afortunadamente lo peor de su dolor de cabeza ya había pasado. Abrió los ojos para encender la lamparita de noche y se quedó helada cuando vio la sombra de una figura sentada en una silla al lado de su cama.

Le dio un vuelco el corazón y se le hizo un nudo en la garganta. Estaba aterrorizada.

La oscura figura de repente se movió y ella emitió un grito ahogado, saltando de la cama en un intento de escapar pero yendo a parar al suelo.

–*Dio!* –exclamó Andreas en la oscuridad. Encendió la lamparita y se acercó a donde estaba ella–. Gemma, ¿qué te estás haciendo a ti misma?

A ella le costó articular palabra alguna, le temblaban los labios y sintió que se iba a desmayar. Él se agachó y la tomó en brazos como si no pesase nada, colocándola suavemente en la cama.

–*Mia piccola...* ¿te he asustado? –preguntó con el remordimiento reflejado en la cara.

Gemma logró deshacer el nudo que tenía en la garganta y pudo responder, susurrando:

–Sí... no sabía quién eras.

–¿No recuerdas que vine a tu casa por la tarde?

–Yo tenía dolor de cabeza... migraña... sí... claro

que me acuerdo... pero no sabía que te habías quedado...

—Estaba preocupado por ti –dijo él–. No quería dejarte sola. Pensé que tal vez me fueses a necesitar durante la noche, así que traje una silla y me senté al lado de tu cama. Debo de haberme quedado dormido.

Gemma le miró a los ojos y le sorprendió la dulzura que vio reflejada en ellos. Tenía ojeras, evidencia de que las pocas horas que había dormido no habían sido muy reparadoras. Que se hubiese quedado con ella la conmovió profundamente. Se sintió muy tentada a contarle las verdaderas razones por las que se iba a casar con él y a declararle su infertilidad. Pero algo la detuvo en el último minuto.

—¿Quieres que te traiga algo? –preguntó él–. ¿Algo de comer o de beber?

—Me encantaría beber algo. Se me seca mucho la boca con los analgésicos.

—Te traeré agua –Andreas se dirigió a la puerta.

—¿Andreas?

Éste se dio la vuelta para mirarla.

—¿Qué pasa, Gemma?

Ella esbozó una compungida mueca, ruborizándose levemente.

—¿Me puedes ayudar a levantarme? Ne... necesito ir al cuarto de baño. Al caerme me hice un poco de daño en la pierna.

Andreas se acercó a ella y, delicadamente, la ayudó a levantarse y la llevó agarrada por la cintura hasta el pequeño cuarto de baño que había en el pasillo. Al sentir la calidez del cuerpo de él sobre ella, Gemma recordó el beso que se habían dado y la caricia de él.

–Ahora estaré bien –dijo ella, apoyándose en el lavabo.

–No cierres la puerta con llave –advirtió él–. Podrías caerte al suelo y yo tendría que romper la puerta para rescatarte, y entonces... ¿qué dirían los vecinos?

–Está bien... no lo haré...

–Prométemelo, Gemma –pidió él con la determinación reflejada en la mirada.

–Te lo prometo... no cerraré con llave –dijo ella.

Cuando él fue a traerle un vaso de agua, Gemma se miró en el espejo. Le desagradó lo que vio. Tenía el pelo revuelto y churretes de maquillaje debajo de los ojos. La cicatriz de su frente se veía claramente.

–Por favor, no te rompas –le dijo al espejo irónicamente–. Lo último que necesito ahora son otros siete años de mala suerte.

Andreas regresó al cuarto de baño justo cuando Gemma salía.

–¿Te encuentras algo mejor? –preguntó él.

–Quizá no lo aparente, pero sí, me encuentro mejor –dijo ella, tomando el brazo que le tendía él.

–A mí me parece que estás bien –dijo él mientras la acompañaba a la cocina–. Un poco débil, pero eso es normal.

–No tengo buen aspecto, Andreas. Simplemente estás siendo un caballero. Pero gracias, lo aprecio mucho.

Una vez en la cocina, Andreas separó una silla para que ella se sentara, ayudándola a hacerlo. Entonces le dio un vaso de agua y observó cómo bebía con ansia.

–¿Quieres más? –preguntó él.

–No, ya ha sido suficiente.

–¿Te apetece algo de comer?

–No, no podría comer –Gemma hizo un gesto de dolor–. Tras haber sufrido un ataque de migraña, simplemente pensar en comer me pone enferma.

–¿Y cada cuánto los sufres? –preguntó Andreas, sentándose frente a ella.

–Ahora ya no los sufro muy frecuentemente –respondió–. Al principio, tras el accidente, los tenía casi todos los días, pero con el tiempo han ido disminuyendo. Éste ha sido el primero que he tenido en mucho tiempo.

–¿Qué crees que lo provocó?

–¿Quién sabe? Seguramente el estrés. El pensar que mi madrastra se puede quedar con la herencia de mi padre es suficiente para tener un mes entero de migrañas.

–Realmente la odias, ¿no es así?

Gemma miró a Andreas a los ojos durante un segundo para después quedarse mirando el vaso de agua vacío que ella misma había dejado sobre la mesa. Aquélla era una pregunta difícil.

–¿La has odiado siempre? –provocó Andreas.

–No lo sé... supongo que sí...

–El papel de madrastra es difícil –señaló él–. Yo tengo una prima que se casó con un hombre que tenía dos hijos de una relación anterior. Éstos han hecho de la vida de mi prima un infierno. Ahora ya son mayores, pero nunca la han aceptado como la pareja de su padre.

Gemma lo entendía perfectamente; era la aptitud de niños infelices para llamar la atención. Ella no había sido diferente, y la pérdida de su madre cuando ella había sido tan pequeña no había ayudado. Su padre había estado tan absorto con su propio dolor y sentimiento de culpabilidad, que se había centrado en el trabajo. Gemma había reaccionado ante aquello causando problemas y todavía había estado metida en ese círculo de autodestrucción cuando había conocido a Andreas el año que había terminado el colegio.

Había pasado las vacaciones en el hotel, aburrida e inquieta, enfadada con todo y con todos. Había causado problemas al personal del hotel, incluso en un par de ocasiones a huéspedes, lo que había terminado por enfurecer de forma inusual a su padre, que la había amenazado con renegar de ella por su comportamiento. Pero ella le había gritado e insultado, habiendo conseguido que él perdiera el control y que le dijera que hubiese deseado que nunca hubiera nacido, que tenía que haber sido ella la que hubiese muerto en vez de su madre. Él se había ido a disculpar después, pero ya había sido demasiado tarde.

El daño ya había sido hecho.

Gemma se dio cuenta del tenso silencio que se había apoderado de la situación. Alzó la vista y vio que Andreas la estaba mirando atentamente.

—A veces me pregunto si en alguna parte de tu cerebro todavía me recuerdas —dijo él—. Lo veo en tus ojos, un destello de vez en cuando... un breve destello de reconocimiento.

Gemma pudo sentir cómo se le comenzó a acelerar el corazón mientras se forzaba a mantener la penetrante mirada de él.

—No me acuerdo de ti. Lo siento.

—Te gustaría que yo te contara lo que hubo entre noso... —deliberadamente hizo una pausa— entre nosotros hace diez años —preguntó él—. Nunca se sabe, quizá haga que recuerdes algo.

–Hum... no estoy segura de si sería bueno... –Gemma miró sus manos–. Los médicos dijeron que no era buena idea tratar de forzar las cosas. Dijeron que podía ser... hum... peligroso.

–Supongo que podría ser bastante angustiante oír cosas que quizá no quieras oír.

–Sí –dijo ella sin levantar la mirada.

–Es muy tarde –dijo Andreas, poniéndose de pie–. Deberías volver a la cama, y yo necesito volver a mi casa y dormir un poco más, pero esta vez en una cama y no en una destartalada silla.

–Gracias por lo que has hecho esta noche –dijo Gemma mientras él se acercaba para ayudarla a ir de nuevo a su habitación–. Ha sido muy amable por tu parte. Estoy muy agradecida.

–No ha supuesto ningún problema –dijo él, sujetándola por la cintura–. Lo que me siento es con cargo de conciencia por haberte asustado tanto.

–Ha sido una reacción visceral. Me pone un poco nerviosa vivir sola.

–¿Es por eso por lo que la puerta principal y todas las ventanas recuerdan a una prisión de alta seguridad?

–Todo el cuidado es poco para una mujer –dijo ella–. Éste es un vecindario bastante tranquilo, pero nadie es inmune a que le roben.

–Sí, supongo que tienes razón. Pero para tranquilizarte te diré que mi casa de Balmoral tiene el mejor de los sistemas de seguridad, así que no te tendrá que poner nerviosa vivir allí. Estarás totalmente segura.

«Para nada», pensó ella mientras él la ayudaba a meterse a la cama. Ningún sistema de seguridad la mantendría segura del peligro que representaba An-

dreas. Cada vez que la tocaba había peligro, así
como cada vez que la miraba analizándola y que la
sonreía.

–Si puedes, te pasaré a buscar por la mañana –dijo
él mientras la tapaba con la sábana–. Tenemos algunos asuntos legales que resolver antes del viernes.

–Está bien –dijo ella–. No tengo que ir al refugio
hasta la próxima semana. Como nos vamos a casar
pensé que sería necesario tomarme un poco de tiempo
para prepararme.

–¿Estás segura de que estás bien? Si quieres, puedo
quedarme.

–No, por favor, vete a tu casa y duerme un poco
–insistió ella–. Estoy acostumbrada a estar sola.

Andreas volvió a analizarla con la mirada.

–¿Cuándo fue la última vez que tuviste a alguien
en la cama contigo?

–Creo que eso no es de tu incumbencia –contestó
ella, ruborizándose.

–Todo lo contrario. Creo que tengo el derecho a
conocer la reciente historia sexual de la mujer con la
que estoy a punto de casarme, ¿no estás de acuerdo?

–Entonces desde luego que yo también te puedo
preguntar a ti lo mismo –dijo ella–. Eso si estuviera
un poco interesada en ello, lo que no es el caso.

Los ojos de Andreas reflejaron el enfado que se
había despertado en él ante el descaro que reflejaba
el tono de voz de ella.

–No quiero un informe completo de cada una de
tus parejas, sólo quiero saber cuánto hace que no te
acuestas con alguien.

Gemma se humedeció los labios.

–Hace bastante tiempo.

–¿Te has hecho análisis últimamente?

–¿Análisis? –preguntó Gemma, disimulando su nerviosismo–. ¿Qué clase de análisis?

–Los normales que te haces cuando cambias de pareja. Pensé que te debía asegurar que yo estoy limpio. Me he hecho análisis hace poco y sería una buena idea que tú también te los hicieras, sobre todo teniendo en cuenta las condiciones de nuestro acuerdo.

–Yo estoy bien –dijo ella, aliviada de que fuera al menos cierto en parte. Tras aquella fatídica noche, hacía siete años, le habían hecho pruebas de enfermedades de transmisión sexual. Había estado aterrorizada de que pudiera haber contraído alguna enfermedad, pero todas las pruebas habían dejado claro que había estado limpia. Había sido el accidente el que había arruinado sus oportunidades de aspirar a una maternidad normal. La hemorragia interna que había tenido había dañado sus trompas de Falopio irreversiblemente.

–¿Estás tomándote la píldora anticonceptiva? –preguntó él.

–No. Me he tomado un descanso.

–No hay duda de que lo que te voy a preguntar ofenderá a tu recién descubierta sensibilidad, pero te lo tengo que preguntar. ¿Hay alguna posibilidad de que estés ya embarazada?

Gemma se quedó mirándolo sin saber qué decir.

–Me doy cuenta de que Michael Carter no podría ser el padre, pero... ¿quizá había alguien más?

–No hay ninguna posibilidad de que yo esté embarazada –dijo ella, mirándole directamente a los ojos–. Para nada.

–Espero que estés diciendo la verdad.

–Puedes confiar en mí –dijo ella–. Pero si prefieres, puedo hacerme una prueba de embarazo delante de ti para confirmarlo.

–No será necesario –dijo él–. Simplemente quería asegurarme de que ambos jugamos al mismo nivel desde el principio.

–Lo entiendo, pero te puedo asegurar que no hay ningún cuco en este nido.

–¿Cuco? –Andreas frunció el ceño, ya que no entendía el significado de aquella palabra.

–El cuco es un pájaro que deja sus huevos en el nido de otros pájaros para que éstos los cuiden.

–Ah, sí, en italiano es *cuculo*. Veo que, aunque lo he hablado durante la mayor parte de mi vida, todavía tengo mucho que aprender de tu idioma.

–Tu inglés ha mejo... –al darse cuenta de la metedura de pata que estaba cometiendo dejó de hablar.

–¿Qué estabas diciendo? –él la animó a continuar hablando.

–Estaba diciendo que tu inglés ha... me ha impresionado mucho... quiero decir que debe de ser muy difícil cambiar el chip de un idioma a otro, estar pensando en uno mientras que hablas en otro... esa clase de cosas –Gemma sabía que estaba divagando, pero parecía que no podía parar–. Estoy impresionada, eso es todo. Yo no podría hacerlo...

Andreas tardó un par de segundos en contestar, pero a ella le parecieron una eternidad.

–Si quieres, te puedo enseñar a hablar mi idioma –ofreció él–. Tiene bastantes similitudes con el inglés y estoy seguro de que no tardarás mucho en aprender algunas frases.

–Me sería imposible –dijo ella–. Suspendí los idiomas en el colegio. Estarías perdiendo el tiempo.

–Estoy seguro de que estás menospreciando tu habilidad –dijo Andreas–. Sin duda te sorprendería lo que podrías hacer si te pones a ello.

–Si, bueno, mi mente no es lo que solía ser –respondió ella, esbozando una pequeña mueca.

–Eres demasiado dura contigo misma, *cara*.

–Eso significa cariño... ¿no es así?

Andreas sonrió mientras abría la puerta para marcharse.

–¿Ves lo rápido que aprendes? *Buonanotte*, Gemma.

Ella se acurrucó en las almohadas una vez que oyó la puerta cerrarse, pero no volvió a dormirse.

No podía. Los sentimientos que estaba comenzando a sentir hacia Andreas Trigliani la mantuvieron despierta, llenando el hueco que ella había tenido en el pecho durante tanto tiempo...

Capítulo 8

UNA VEZ terminaron de arreglar los documentos legales la siguiente mañana, Andreas sugirió que fueran a comer a su casa, en Balmoral.

–¿No tienes que volver al trabajo? –preguntó Gemma, planteándose si era sensato pasar tanto tiempo con él, sobre todo a solas.

–Tengo un gerente de negocios estupendo –dijo él–. Me telefoneará si hay algo que requiera mi atención inmediata.

–¿Dónde está tu oficina? –preguntó ella mientras se dirigían hacia donde estaba aparcado el coche de él.

Andreas se detuvo y la tomó por los hombros, haciendo que se diera la vuelta y mirara el perfil de la ciudad. Señaló un punto por encima de uno de los hombros de ella, que sintió la calidez del roce de la manga de la camisa de él y el ligero aroma del aftershave muy cerca de su mejilla.

–¿Ves ese edificio de cristal azul, el alto? –preguntó él.

Gemma apenas podía respirar y no podía articular palabra al tenerlo tan cerca. La tentación de apoyarse en su musculosa figura era casi irrefrenable.

–Hum... sí... puedo verlo.

–Tengo varias oficinas en la planta número treinta –dijo él–. Pero también trabajo mucho desde casa

—explicó, apartando las manos de los hombros de ella.

Gemma se dio la vuelta despacio para mirarlo. Se miraron a los ojos y ella sintió como si el mundo se hubiese detenido. Parecía que sólo le latía el corazón por él. Deseaba tocarlo, deseaba acariciar su cara, deseaba explorar el contorno de su boca...

Casi sin darse cuenta de lo que estaba haciendo se acercó aún más a él, colocando una mano en su pecho para estabilizarse y dirigiendo la otra a su mandíbula, sintiendo cómo la masculinidad de su piel hacía que le recorriese el brazo una chispeante sensación.

Él acercó su boca a la de ella, besándola de una manera que no tenía nada que ver con el dulce beso que se habían dado. La boca de Andreas denotaba urgencia, necesitaba tenerla. Era como fuego en contacto con gasolina, una erupción completa y devastadora.

El deseo le recorrió el cuerpo a Gemma, haciéndole sentirse viva de una manera que no le había ocurrido antes. Él la estaba abrazando, presionándola por la espalda contra su cuerpo.

La lengua de Andreas, dulce y sensual, acarició la suya, haciendo que lo acompañara en un duelo que terminó con ella deseando sentirlo en su parte más íntima. Se acercó aún más a él, deleitándose al sentir su fuerza y poder mientras que su boca dejaba claro su embriagadora magia. Sus pechos presionaron al de él, deseando sentir piel contra piel.

Fue Andreas quien finalmente dejó de besarla. Se quedó mirándola a la cara durante largo rato, con la pasión todavía reflejada en los ojos.

—Me pregunto quién empezó esto —reflexionó él, esbozando una sonrisa torcida.

—Lo siento, creo que fui yo... –dijo ella, bajando la mirada.

Andreas le levantó la barbilla para que así lo mirara a los ojos.

—No te disculpes, Gemma. Tienes todo el derecho de iniciar un contacto físico... después de todo seremos marido y mujer en poco más de veinticuatro horas –le acarició el labio inferior–. Pero lo que me gustaría saber es por qué sentiste la necesidad de hacerlo. Tal vez estás empezando a recordarme un poco, ¿sí?

—Sss...sí... quiero decir que no –Gemma no podía pensar con claridad–. No recuerdo nada...

—Pues tú tienes una boca inolvidable –dijo él, acariciándole el labio superior–. He estado pensando en tu boca durante diez años, preguntándome cómo me sentiría al tenerla junto a la mía.

—Entonces... –dijo, frunciendo el ceño para hacerle creer que no recordaba nada de aquella época–. ¿... nos habíamos... eh... besado antes? Quiero decir en el pasado.

—Créeme, Gemma –dijo él con los ojos brillantes antes de montarse en el coche para dirigirse a su casa–. Si lo hubiéramos hecho, juro por Dios que no lo hubieras olvidado.

La casa de Andreas había sido reformada recientemente y tenía unas magníficas vistas sobre el puerto. Estaba decorada en un estilo moderno y minimalista.

—Mi ama de llaves nos ha preparado la comida –dijo Andreas mientras conducía a Gemma hacia el comedor, desde el que se veía la playa–. ¿Quieres ir al cuarto de baño antes de que le diga que nos sirva?

–Sí... gracias... no tardaré mucho –dijo Gemma, encontrando ella misma el camino hacia el gran cuarto de baño de la planta de abajo, que parecía un lujoso balneario.

Se lavó las manos y se retocó con el pintalabios, tratando de controlar el leve tembleque de su mano.

«No seas tonta», se reprendió a sí misma. «No estás a solas con él. También está su ama de llaves».

Se miró el pelo para comprobar que el flequillo le tapase la cicatriz. Tras ello volvió al comedor.

Una mujer de mediana edad se dio la vuelta de la mesa justo cuando Gemma entró en el salón, analizándola con la mirada de una manera insolente.

–Hola, señora Landerstalle. Soy el ama de llaves del *signor* Trigliani, Susanne Vallory. Supongo que no me recuerda. Solía trabajar para su padre en el hotel.

Gemma se quedó mirando a la mujer un momento y la vergüenza le recorrió el cuerpo al recordar cómo había tratado a los empleados de la limpieza por aquel entonces. Susanne había ascendido de ser empleada de la limpieza a ser jefa de ama de llaves de hotel Landerstalle, pero aun así no había escapado a las imperdonables burlas de Gemma de vez en cuando.

–Hum... sí, me acuerdo de usted –dijo Gemma, tendiéndole la mano–. ¿Cómo está, señora Vallory? Ha pasado mucho tiempo y yo...

Susanne ignoró la mano que le tendía Gemma, con la burla reflejada en los ojos.

–La felicito por su inminente matrimonio.

–Gracias –dijo Gemma, humedeciéndose los labios y bajando la mano.

–Sentí mucho la muerte de su padre –añadió el

ama de llaves–. ¡Qué suerte la suya! Encontrar a un multimillonario justo a tiempo para heredar el hotel. ¿Quién lo hubiera pensado?

Aquellas palabras le hicieron mucho daño a Gemma, pero fue capaz de disimularlo.

–Sí, así es –dijo en un tono deliberadamente imperioso–. Mañana el dinero será mío. Y si usted desea continuar trabajando para el señor Trigliani en esta casa, le sugiero que se guarde sus comentarios y opiniones para usted misma, ya que si no, puede que se encuentre sin empleo.

–Usted no puede despedirme –dijo Susanne–. Siempre ha pensado que es mejor que el resto de la gente pero, permítame que le diga, no lo es. Usted es una terca señorita, si se le puede llamar así.

–Es todo por el momento, gracias, Susanne –dijo Andreas al entrar al comedor–. Yo serviré la comida. Gracias por prepararla. Te puedes tomar el resto de la tarde libre. Mañana te veré.

Susanne le dirigió a Gemma una última y cortante mirada antes de marcharse, levantando la cabeza desafiante.

–Ven y siéntate –dijo Andreas mientras separaba una silla para Gemma–. ¿Qué quieres beber?

–Agua estaría bien –dijo ella, todavía disgustada–. Aunque quizá debas comprobar que tu ama de llaves no la haya envenenado con cianuro o algo parecido.

–No le hagas mucho caso a Susanne –dijo él–. Es una buena trabajadora. Estoy seguro de que con el tiempo suavizará su trato respecto a ti –dijo, sentándose a la derecha de Gemma.

–Lo dudo –Gemma frunció el ceño–. Además de que ha insinuado que sabía por qué me voy a casar contigo. ¿Qué le has contado?

–Le he dicho que nunca te he olvidado y que nos hemos enamorado profundamente.

–¡Como si ella fuese a creérselo! –se burló Gemma–. Además, mi compromiso con Michael no era precisamente privado. Todos van a pensar que soy una caprichosa que va detrás de lo que se pueda conseguir.

–No creo que sea necesario preocuparse por lo que otras personas piensen –contestó él–. Después de todo, ese tipo de cosas no te preocupaban en el pasado. ¿Por qué deberías estar tan disgustada ahora?

–Porque ahora las cosas son distintas –dijo ella, tratando de contener las lágrimas.

–Eso es porque no recuerdas cómo eras en el pasado, lo que, teniendo en cuenta la reacción de Susanne, quizá sea bueno para ti y te haga ser afortunada.

Gemma le dirigió una furiosa mirada.

–Si alguien más me llama afortunada o me dice que tengo suerte, gritaré. Yo no tengo suerte.

–Tienes suerte al poder tener la oportunidad de reclamar la herencia de tu padre –señaló él–. También tienes suerte al tener un trabajo que merece la pena, una salud razonable y agilidad. Estás mucho mejor que otros. Deberías estar agradecida por lo que tienes en vez de quemarte por el resentimiento de lo que no tienes.

–¿No ves que todo es una estúpida parodia? El dinero no es lo importante. No hace que la gente vuelva a vivir y ni siquiera puede cambiar el último minuto, por no hablar de los últimos diez años –Gemma estaba furiosa.

–Pero aun así aquí estás, accediendo a casarte con un hombre que es poco más que un extraño para ti...

sólo para conseguir eso que dices que no te importa... el dinero.

Gemma se quedó mirándole, echando chispas ante el control que parecía tener él.

–Es bastante extraño que recuerdes a Susanne y no te acuerdes de mí –dijo él, cortando el silencio–. Después de todo ella trabajó en el hotel en la misma época que lo hice yo.

Gemma sintió cómo le daba un vuelco el corazón. Se preguntó cuánto habría oído Andreas de la conversación que ella había tenido con Susanne.

–¿Quién sabe? –añadió él–. Quizá si pasas tiempo con ella, recordarás más cosas.

–No tengas tantas esperanzas. Sólo la recuerdo porque estuvo trabajando en el hotel durante muchos años –dijo Gemma, mirándole.

–Vamos, Gemma –dijo él–. Come y deja tu mal genio donde pertenece... en el pasado.

–Yo no tengo mal genio –espetó ella.

La pequeña risita que emitió Andreas hizo que ella perdiera el control. Se levantó y, con un movimiento salvaje, agarró el mantel y tiró de él, haciendo que todo lo que había sobre la mesa cayera al suelo.

Gemma se quedó mirando el desastre que había provocado, sin apenas poder creérselo.

Él se levantó despacio y la miró a los ojos, con la furia reflejada en los suyos.

Gemma dio un paso atrás, pero él la agarró por el brazo, apartándola de aquel desastre. Cuando ella trató de soltarse, él la agarró por las muñecas con mucha fuerza.

–¡Suéltame bas... bastardo!

Él la agarro aún con más fuerza, sus ojos brillaban peligrosamente.

–Vamos, puedes hacerlo mejor, Gemma –incitó–. Puedes insultarme aún más gravemente, estoy seguro.

Gemma sabía que estaba en terreno peligroso, pero parecía que su enfado y frustración habían encontrado una salida que iba a ser imposible volver a cerrar. No podía contenerse.

–¡Te odio! –chilló–. Quítame tus manos de encima, ca... ca...

–¿No recuerdas lo que me llamaste antes? –dijo él, estrechándola contra él–. ¿Qué pasa con lo que dijiste sobre que no te acostarías conmigo ni aunque fuese el único hombre sobre la faz de la tierra?

Gemma cerró la boca. No debería dejar que el pasado se apoderara de ella y le arrebatase a Isabella su única oportunidad.

–¿O aquello que dijiste sobre mi cuerpo de campesino italiano? –continuó él–. Que no le podría dar placer a ninguna mujer... ¿no fue eso lo que dijiste?

–¿Cómo voy a saberlo? Ya te he dicho que no me acuerdo.

«No te cree», pensó Gemma, presa ya del pánico. Le dio un vuelco al corazón.

Bajó la mirada y dejó de resistirse.

–Si te dije... cosas terribles como ésas, lo siento. Debe de haber sido horrible para ti. No tengo ninguna excusa... como has dicho... quizá tenga suerte de no recordar...

Andreas dejó de agarrarla con tanta fuerza poco a poco, pero no la soltó. La sujetaba por las muñecas, aunque lo hacía con delicadeza, como una caricia.

–No debería haberlo mencionado, *cara* –dijo en un tono de voz suave–. Está claro que te disgusta y no es bueno forzar las cosas. Ya pasó. Han pasado diez años y ya no es relevante para nosotros.

Gemma se preguntó cómo pudo haberlo juzgado de aquella manera en el pasado. Había estado muy ciega al no haber visto lo bueno y decente que había sido Andreas.

Él le acarició las muñecas con sus dedos pulgares, haciendo que ella se estremeciese.

—Andreas...

—Tengo que limpiar esto... —dijo él, soltándola—. No quiero que Susanne tenga más razones para insultarte.

Gemma hizo un movimiento para ayudarle, pero él le indicó con la mano que se apartara.

—Lo limpiaré más rápido si lo hago solo —insistió él—. Además... —miró la pierna de Gemma—... necesitas que tu pierna descanse. Has estado demasiado tiempo de pie.

—Pero yo...

—Haz lo que te digo, Gemma —dijo él, sin admitir resistencia—. Si te caes encima de este desastre, no serás capaz de darme lo que quiero.

«Pero es que yo no puedo darte lo que quieres», pensó ella.

Capítulo 9

UNA VEZ que, al día siguiente por la mañana, la empresa de mudanzas tomó las pertenencias de Gemma, ésta esperó a que Andreas pasara a buscarla para ir a la ceremonia.

Se había vestido con un traje ligero de un color rosa pálido a juego con una camisola.

A las dos y media llegó Andreas. Cuando ella lo dejó entrar, él la analizó con la mirada.

—Gemma, estás preciosa.

—Lo estoy para ser una chica con una cojera —respondió con desprecio antes de poder evitarlo.

—Para tu información, apenas noto tu cojera. Personalmente, siempre he considerado que la belleza exterior no tiene valor a no ser que vaya acompañada de belleza interior.

Gemma no tenía respuesta. El espectáculo que había dado el día anterior al no haber sido capaz de controlar su temperamento le había hecho darse cuenta de que todavía había más cosas que mejorar.

—Esto es para ti —dijo él, dándole un pequeño paquete—. Feliz cumpleaños.

Gemma se quedó mirando el paquete que tenía en las manos. No había esperado que nadie le regalase nada, especialmente Andreas. Hacía muchos años que no celebraba su cumpleaños.

—Venga, ábrelo —dijo él.

Gemma desató la cinta y comenzó a quitar el papel con dificultad.

–¿Necesitas ayuda, *mia piccola*?

–Creo... creo que me las puedo apañar... necesito dejarme creer las uñas...

Andreas le tomó una mano y le miró las uñas.

–Tienes unas manos preciosas, Gemma, pero las estás castigando. No deberías odiarte tanto.

Gemma apenas podía respirar al mirarlo a los ojos.

–Trae –Andreas tomó el paquete–. Yo lo abriré por ti.

Ella observó cómo él deshacía el paquete y le daba una caja de terciopelo. La abrió y vio un diamante en forma de colgante, engarzado en una preciosa cadena de oro.

–Es... precioso... gracias... –dijo con la voz ronca.

–Me alegra que te guste. Quizá te gustaría ponértelo ahora. Venga, déjame que te ayude.

Gemma se dio la vuelta cuando él le colocó la cadena en el cuello. Se le erizó la piel cuando los dedos de él la rozaron

–Te queda bien. Sabía que así sería –dijo él, haciéndole dar la vuelta para mirarla.

Gemma quería preguntarle qué quería decir, pero antes de poder hacerlo él miró el reloj e hizo una mueca.

–No podemos llegar tarde a nuestra propia boda –dijo él–. Eso sería inconcebible.

La ceremonia en el registro fue breve e impersonal, hasta que el oficiante le dio permiso a Andreas para besar a la novia. De repente el ambiente cambió.

Gemma pudo sentir la tensión que había en la sala cuando Andreas se volvió hacia ella y la tomó por los hombros.

Ella contuvo la respiración cuando él agachó la cabeza y le dio un suave pero prolongado beso. Sintió cómo el amor que sentía por él la llenaba por dentro. Había tratado por todos los medios ignorar sus sentimientos, pero no había sido posible. No podía reprimirlos. Sintió la piel viva de nuevo cuando él la tocó, y la boca le quemaba por la necesidad de sentir que la poseyera más intensamente. Su parte más íntima comenzó a palpitar con fuerza.

Él levantó la cabeza y mantuvo su mirada durante un largo momento, como si estuviera tratando de averiguar los secretos de su corazón. Le secó una lágrima que ella no había podido evitar derramar.

—No llores, Gemma —dijo él en un tono profundo y un poco brusco.

—Lo siento. Normalmente no soy tan sensiblera. Es sólo que... desearía que mi padre hubiese estado aquí.

—Oh, *cara* —dijo él, apoyando la cabeza de ella en su pecho—. Estoy seguro de que él nos está viendo y felicitando a ambos.

A regañadientes, Gemma levantó la cabeza y le miró, dándose cuenta de que todos los miraban.

—Supongo que tienes razón —dijo en voz baja—. Por lo menos hubiese visto con buenos ojos que me casara contigo.

—¿Incluso no habiendo sido yo tu primera elección, de hecho la última?

—Por lo menos tú me ofreciste casarte conmigo —dijo ella, tratando de ser graciosa.

En ese momento se creó un tenso silencio mientras que Andreas se quedó mirándola.

—¿Andreas? —Gemma se preguntó si el tono insustancial que había empleado le habría ofendido.

Entonces él suspiró, la tomó de la mano y la sacó del registro, dirigiéndola hacia su coche.

—Vamos, Gemma. Estás pálida y tienes un aspecto frágil. No quiero comenzar nuestro matrimonio contigo teniendo otra migraña.

Gemma se sintió un poco molesta por aquel comentario. Estaba segura de que no tenía tan mal aspecto. ¿O sería que él estaba recordándole sutilmente el generoso gesto de casarse con ella?

—No tenías por qué hacerlo, ¿sabes? —dijo cuando se dirigían a su casa, mirándolo resentida.

—¿Hacer qué?

—Casarte conmigo —contestó ella, mirando por la ventana—. Todavía no entiendo por qué lo has hecho.

—Me venía bien.

—Tú te podrías haber casado con quien quisieras, y lo sabes.

—Pero tú eras con la que yo quería hacerlo. Te deseo desde hace diez años.

Durante un momento Gemma tuvo esperanzas, pero al segundo murieron en su pecho.

«Por revancha», se recordó a sí misma. ¿Qué otro motivo podría haber? Él no la amaba.

—Ya te dije que soy un hombre con mucha paciencia. He esperado durante mucho tiempo para reclamarte como mía.

—Incluso sin amarme.

—El amor no tiene nada que ver con el acuerdo al que hemos llegado —dijo—. Tú necesitabas un esposo y yo necesito una madre para mis hijos.

–¿Y qué pasa si ahora mismo no estoy preparada para tener hijos?

–Pasará cuando tenga que pasar –dijo él.

–¿Y si no ocurre?

Andreas aparcó el coche frente a su casa antes de responder.

–Ocurrirá, Gemma, yo me aseguraré de ello.

Una vez llegaron a la casa, Andreas se percató de que Gemma miraba a su alrededor, nerviosa, como buscando alguna señal del ama de llaves. Él se quitó la chaqueta antes de informarle.

–No te preocupes. Le di la tarde libre a Susanne. No volverá hasta el domingo.

–No sabía si me iba a enfrentar a otro intercambio de insultos. Supongo que ya no tengo mucha práctica –dijo, suspirando aliviada.

–Creo que te defiendes muy bien sola –dijo él, mirando con mala cara hacia el comedor.

–No volverá a ocurrir, te lo prometo –dijo ella, mirándolo avergonzada.

–Eres muy apasionada. No querría que cambiaras –dijo, levantándole la barbilla para que lo mirara.

Gemma se humedeció los labios con la lengua, sintiendo cómo su corazón comenzaba de nuevo a darle vuelcos.

–¿Qué... qué querrías que cambiara?

–¿Qué quieres decir? –preguntó él, frunciendo el ceño.

–Recuerdo suficientes cosas de mi pasado como para saber que no siempre he sido una persona agradable. La reacción de Susanne lo confirmó. Pero yo he cambiado, Andreas. He cambiado mucho...

Andreas la tomó por los hombros.

—¿Qué te ha cambiado, Gemma? ¿Fue el accidente?

Ella aguantó la mirada de él, luchando contra la tentación de confesarle su sórdido pasado. ¿Qué pensaría de ella si le contaba la degradación que había sufrido? ¿Se regodearía él en privado de que por fin ella hubiese recibido su merecido?

—Supongo que me cansé de ser una niña mimada que lo echaba todo a perder —dijo, tratando de sonreír sin éxito—. Es muy difícil ser una superarpía, así que decidí tomarme un largo descanso.

Andreas sonrió ante el intento de humor de ella.

—¿Planeas volver a tu antiguo trabajo una vez hayas descansado?

—No creo.

—¿Porque ahora tu padre está muerto y no habría motivo?

—Quizá —contestó ella, encogiendo un hombro—. ¿Quién sabe? Tal vez por fin haya madurado. Todos tenemos que hacerlo algún día. A mí me ha llevado más tiempo que a la mayoría de la gente, pero bueno, así han sido las cosas.

Andreas se quedó mirándola. No podía quitarse de la cabeza la idea de que ella no estaba siendo completamente sincera. Era muy buena actriz, él lo sabía muy bien debido a su amarga experiencia. No le iba a conceder el beneficio de la duda.

Quería poner el orgullo de ella en una bandeja y lo tendría aunque tardara meses en conseguirlo.

Ya había conseguido su primer propósito; atarla a él en un matrimonio del que ella, diez años atrás, se hubiese burlado.

—Todos tenemos que afrontar las responsabilidades que tenemos al ser adultos en algún momento —dijo él—. Después de todo, por eso fue por lo que regresé a Australia; para cumplir el sueño de mi padre.

—Tu padre estaría muy orgulloso de ti. Eres una persona agradable, Andreas. Una buena persona —dijo ella, mirándole.

—¡Qué pena que no me recuerdes! Quizá por aquel entonces no era tan agradable, ¿eh?

—Estoy segura de que eras igual que ahora —dijo, bajando la vista—. Pero quizá me era imposible darme cuenta.

—Yo también tengo mi lado malo, como le ocurre a la mayoría de la gente.

—Quizá... pero yo me arrepiento de tantas cosas.

—No te tortures con lo que ya no puedes cambiar, Gemma. Tienes toda la vida por delante.

«Una vida sin amor», pensó ella con tristeza.

—Brindemos por nuestro matrimonio —sugirió él.

—¿Sigue siendo un brindis válido aunque sea sin alcohol? —preguntó ella.

—Desde luego que sí —le aseguró él, sonriendo—. Pero insisto en que por lo menos tu agua tenga unas pocas burbujas, ¿no?

Gemma sonrió fugazmente; la primera sonrisa verdadera que Andreas había visto que ella esbozara. Le había transformado completamente la cara. Él trató de luchar contra la reacción que había tenido ante aquello, pero podía sentir cómo le latía el corazón, inundándole el pecho. Apenas podía respirar y tuvo que esforzarse para que no se le reflejara en la cara. Lo disimuló dirigiéndose al bar que había en el salón y sirviendo las bebidas. Le acercó su vaso con agua con gas a ella y brindó con el suyo.

–Por el futuro y por lo que traiga.

–Por el futuro –murmuró Gemma, bebiendo un sorbo.

–Hace una tarde estupenda. ¿Por qué no salimos a bebernos esto afuera, al lado de la piscina? Incluso si quieres nos podríamos dar un baño.

–Ya no me gusta bañarme tanto como antes.

–Podría ser lo que necesita tu pierna –dijo él–. Hacer ejercicio la fortalecería.

–No me gusta que nadie vea mis cicatrices.

–Te prometo que no las miraré.

Gemma esbozó de nuevo una tímida sonrisa.

–Me estás tentando seriamente.

–Ésa es la intención, *mia piccola*. Hace calor, el ambiente está pegajoso y no hay nada que nos viniera mejor ahora mismo que darnos un relajante baño.

–Mi bañador no es muy moderno.

–El jardín es mío, así que puedes llevar tu ropa interior. Tus cosas están en el vestidor de nuestra habitación –dijo él–. Le pedí a Susanne que deshiciera tus maletas antes de marcharse.

–Me sorprende que no se haya acercado a ellas con un par de tijeras muy afiladas.

–Si lo hubiera hecho, entonces te compraría ropa para llenar un armario entero –dijo él.

Para su sorpresa, Gemma encontró su ropa y sus cosas colocadas de una manera muy ordenada en el enorme vestidor de la habitación de Andreas.

En el cuarto de baño se cambió y se puso el único bañador que tenía, que le quedaba un poco grande. Se puso una camisa de algodón blanca muy larga y bajó de nuevo al jardín.

Cuando salió, vio que Andreas ya estaba en la piscina, haciendo unos largos. Ella se sentó en el borde de una tumbona y lo observó, admirando en silencio su musculatura. En un momento dado él se dirigió en su dirección y ella pudo ver sus abdominales cuando salió del agua.

–Métete conmigo –dijo él–. Te ayudaré con los escalones.

Gemma tomó la mano que él le tendía y se levantó. Le dio un vuelco el estómago al sentir la calidez de él tan cerca mientras la acompañaba al borde de la piscina.

–Baja despacio –advirtió él–. Los peldaños pueden ser muy resbaladizos.

Ella hizo lo que él le mandaba, agarrada de su mano mientras se introducía en el agua.

–Es maravilloso –dijo, suspirando de puro placer.

–Esto es lo que necesitas, *cara*. Fortalecerá tu pierna sin cargarla demasiado –dijo él, sonriendo y soltándole la mano.

A Gemma le sorprendió lo ligera que se sentía bajo el agua. Por primera vez su pierna no era un estorbo. Hizo un largo y tuvo que detenerse para recobrar el aliento.

–Vamos, Gemma –dijo Andreas, dándole ánimos–. Nada un poco más. Te hará bien.

Gemma tomó aire e hizo otro largo, sintiéndose un poco más a gusto que al principio al encontrar un poco de ritmo. No tardó mucho en llegar al final y sin faltarle tanto el aliento.

–Lo estás haciendo muy bien –dijo Andreas–. Sigue nadando.

Gemma hizo unos cuantos largos más, sintiéndose mejor.

—No me puedo creer lo relajante que es esto —dijo, apoyándose en el borde de la piscina.

—Sin duda en pocos días nadarás más que yo —dijo él, sonriéndole.

—No creo. Parece que tú nadas mucho.

—Lo suficiente para mantenerme en forma.

«Lo suficiente como para mantenerte en una forma estupenda», pensó Gemma, mirándole el abdomen, donde una hilera de masculinos pelos se perdía bajo su bañador.

—Creo... creo que haré un par de largos más —dijo ella, apartándose de la pared.

Al pensar en que aquella noche iba a estar echada junto a aquel hombre tan masculino le recorrió un escalofrío por el cuerpo.

Tras un rato su cuerpo declaró que ya había tenido suficiente y se echó a un lado. Estaba acalorada. Evitó mirar el cuerpo de Andreas, que estaba muy cerca de ella.

—¿Has tenido suficiente? —preguntó él.

Ella levantó la mirada y se encontró con la de él. De repente se le secó la boca.

Andreas le tendió una mano y le apartó un mechón de pelo mojado que tenía en la cara, consiguiendo que a ella se le acelerara el pulso. La tomó por la cintura de manera posesiva pero a la vez delicada.

Movió las manos, colocándolas justo bajo los pechos de ella, acercándola aún más a él.

—Te deseo, Gemma —dijo con una profunda voz—. Siempre te he deseado, tanto si lo recuerdas como si no.

Ella respiró profundamente, sin poder articular palabra al ver que él acercaba su cabeza a la suya. Al sentir la boca de él sobre la suya, a Gemma se le alborotaron los sentidos y cuando sintió su lengua se deshizo por completo. Se derritió ante aquello, lo abrazó y le apretó las nalgas. Al sentir la excitación sexual de él se emocionó del mismo modo que se aterrorizó. Nunca había esperado sentir un deseo tan intenso que fuera capaz de borrar lo que le había ocurrido en el pasado. Pero en aquel momento lo sentía, sentía la necesidad de que él la tocara.

Andreas dejó de besarla para poder mirarla a los ojos.

–No debería presionarte de esta manera –dijo él–. Me pediste tiempo y lo respetaré. No consumaremos este matrimonio hasta que tú no estés preparada.

Gemma sintió que las lágrimas amenazaban con inundar sus ojos al ver cómo la consideraba, teniendo en cuenta que ella se había comportado de una manera tan imperdonablemente dura con él en el pasado.

–Me temo que te voy a decepcionar –dijo ella suavemente, incapaz de mirarlo a los ojos.

Él la abrazó más estrechamente.

–No me decepcionarás, Gemma.

Entonces la apartó lo suficiente para poder besarla. Lo hizo de una manera tan delicada, que a ella le llegó al alma. Le acarició la lengua con la suya, haciendo que ambas bailaran juntas, dejándola con ansias de más. El agua que les acariciaba hacía que ella se percatase más de lo juntos que estaban. Andreas le acarició los pechos y ella se echó sobre él; tenía los pezones tan duros, que le hacían sentir algo entre placer y dolor. Ella deseaba más, mucho más...

Pero antes de poder decírselo, él la apartó de sí y se echó para atrás.

–Estás comenzando a enfriarte, *cara*.

–No ten... no tengo frío.

Él hizo una mueca mientras le acariciaba el brazo, que tenía la piel de gallina.

–Gemma, no eres una mentirosa muy convincente.

–¿Por... por qué dices eso?

–Vamos dentro. Las nubes han tapado el sol. Te dejaré para que te des una ducha y te pongas a gusto. Tengo algunos negocios que atender.

La ayudó a salir de la piscina, tomándola por el hombro con delicadeza. La acompañó dentro de la casa, guiándola al cuarto de baño antes de marcharse a su estudio.

Gemma se quedó mirando su reflejo en el espejo durante un momento, preguntándose si él habría visto la culpa que tenía reflejada en el rostro...

Cuando bajó a la planta de abajo media hora más tarde, había una nota en la encimera de la cocina informándole de que Andreas se había marchado a su oficina en busca de unos documentos y que volvería en un par de horas. Se quedó mirando la nota durante mucho tiempo, preguntándose si él la estaría evitando o si le estaba dando el espacio que tan desesperadamente necesitaba ella.

Suspiró levemente, se metió la nota en el bolsillo y deambuló por la casa, familiarizándose con ella. Entró en el estudio de Andreas y tomó una de las fotos que había en su mesa; era una fotografía de su familia, seguramente tomada poco después de morir su padre.

Volvió a poner la fotografía en su sitio. Pero entonces observó otra. La tomó con una temblorosa mano y se quedó mirándola durante largo rato, frunciendo el ceño.

–Gemma, ¿no te reconoces en esa imagen de hace diez años? –dijo Andreas desde la puerta del estudio.

A Gemma casi se le cayó el marco al darse la vuelta y verlo.

–No... no te oí llegar.

Andreas entró en la habitación mientras que ella dejaba la fotografía en su sitio, pero al hacerlo dio por error a otro marco, el cual cayó al suelo, rompiéndose el cristal.

–Lo siento tanto –dijo ella, que se arrodilló para tomar los fragmentos del suelo, cortándose con uno de ellos.

–Dio! –exclamó Andreas, levantándola y agarrándole la mano herida, asegurándose de que no tenía ningún pedazo de cristal dentro de la piel antes de taparle el corte con su pañuelo–. ¿No te puedo dejar sola durante un par de horas sin que te hagas daño?

–No es nada –dijo ella, tratando de apartarse de él–. Lo siento por el marco. Yo pagaré el cristal.

–No me preocupa para nada el cristal.

En ese momento, el silencio se apoderó de la habitación.

–¿Por qué tienes una fotografía mía? –preguntó Gemma.

Andreas mantuvo la crítica mirada de ella durante largo rato antes de responder.

–La guardé como un recordatorio de cuando estuve aquí, en Australia. Un recuerdo, si prefieres verlo así.

–Parece un recuerdo bastante extraño. La mayoría de la gente tiene fotografías del puente de la bahía o de la casa de la Ópera.

—Prefiero tener tu imagen antes que la de un edificio o un puente.

—No recuerdo haberte dado permiso para tomarme una fotografía —dijo, frunciendo el ceño.

—Pues claro que no te acuerdas, *cara* —dijo él sin alterarse—. Sufres de amnesia, ¿no es así?

A Gemma le salió el tiro por la culata y pensó que él se habría dado cuenta.

—Ése no es el asunto —dijo ella—. Simplemente no entiendo por qué querrías guardar una fotografía mía. Según lo que me has dicho, hace diez años no era precisamente tu mejor amiga.

—No, no lo eras, eso es verdad.

—¿Entonces por qué?

—¿Qué importa por qué la guardé? Si prefieres, la tiraré. Además, ya no la necesito. Ahora tengo a la persona en realidad.

Aquello contenía un elemento de arrogancia que puso nerviosa a Gemma, que luchó para que no se viera reflejado en su cara. Desesperada por cambiar de tema, levantó su dedo.

—Necesito lavarme y vendarme el dedo.

—Desde luego —dijo él, guiándola al cuarto de baño de la planta baja.

Gemma trató de que no le afectara la proximidad de él, pero se le puso la piel de gallina cuando él la llevó al lavabo y le lavó la herida. Inconscientemente contuvo la respiración mientras él le vendaba el corte. Entonces volvió a mirarla a los ojos.

—Ya está —dijo él—. Así debería curarse bien. No creo que sea suficientemente profundo como para dejar cicatriz.

—Eso está bien —dijo ella, esbozando una irónica mueca—. Lo último que necesito es otra cicatriz.

Gemma se dispuso a marcharse, pero él la detuvo poniéndole una mano en el hombro y dándole la vuelta para que lo mirara. Miró la cicatriz que ella tenía en la frente y la acarició con tanta delicadeza, que ella sintió cómo su corazón se estrechaba casi dolorosamente.

—Apenas se nota, pero aun así tú estás muy afectada por ella. No deberías estarlo —aseguró él.

Gemma apretó los labios para contener la emoción que estaba a punto de desbordarla.

—De verdad, Gemma, no es nada.

—¿Nada? —se enfrentó a él, resentida, perdiendo el leve control sobre sus emociones que había logrado mantener—. ¿Cómo puedes decir que no es nada? ¿Sabes lo que representa esta cicatriz?

—No te disgustes —dijo él con calma—. No cambiará nada.

—He dejado minusválida para siempre a otra persona —espetó—. No me digas que no es nada. Claro que es algo. Tal vez no sea muy evidente para ti, pero déjame que te diga que me iré a la tumba con la culpabilidad escrita en la cara.

Andreas observó cómo ella se apartó de él y salió del cuarto de baño, pero no la llamó para que volviera. Se preguntó qué ocurriría con la culpabilidad que él mismo sentía...

Capítulo 10

GEMMA salió al jardín pero, aunque era muy grande y privado, se sentía encerrada, por lo que finalmente salió a la calle. Se dirigió a la bahía. El olor a agua salada le levantó el ánimo.

Se quedó mirando durante un rato el mar y a un grupo de quinceañeros que estaban charlando sentados en la arena. Pensó lo maravilloso que sería ser capaz de volver a escribir el pasado.

—¿Gemma?

Se dio la vuelta al oír la voz de Andreas. Observó cómo se acercó y se le aceleró el corazón.

—¿Estás bien? —le preguntó él una vez estuvo delante de ella.

—Sí, desde luego.

—No pretendía disgustarte.

—Está bien —Gemma comenzó a andar por la orilla antes que mirarlo a los ojos.

Andreas comenzó a andar a su lado, pero estuvieron bastante rato sin hablar.

—¿Te acuerdas que te dije de hacer un viaje a Italia para conocer a mi familia? —dijo él una vez hubieron andado todo el largo de la bahía—. Me gustaría ir pronto.

Gemma se detuvo y lo miró, sorprendida.

—¿Cuándo?

—Tengo que resolver algunos asuntos de negocios, pero mi madre y mis hermanas tienen ganas de verte. Había pensado que podíamos ir la próxima semana.

–¿*La próxima semana*? –Gemma se quedó boquiabierta.

–¿Supone un problema para ti?

–Es muy pronto. Debería informar al refugio.

–Pero tu trabajo en el refugio es voluntario –señaló él–. No es como si hubieras firmado un contrato o algo parecido.

–No... pero...

–¿Pero...? –Andreas la miró a los ojos.

–Seguramente que mi pasaporte esté caducado.

–Ya lo he comprobado y no lo está –le informó él.

–Parece que estás al tanto de todo. En primer lugar consigues una licencia matrimonial en menos de una semana, tras lo cual organizas los documentos legales que normalmente tardarían un mes y, además de eso, aparentemente has comprobado mi pasaporte. ¿Hay algo más que hayas investigado sin que yo lo sepa?

–Comprobé algunas cosas, sí, pero sólo porque había poco tiempo –dijo él–. Sé que no estás muy bien de dinero, que has tenido lo justo para comer últimamente, sobreviviendo con una pobre pensión cuando una llamada telefónica a tu padre hubiese resuelto tus problemas económicos.

–Estás suponiendo, claro está, que mi padre hubiese ido a rescatarme. ¿Cómo sabes que no me hubiese dicho que me tirase por la ventana?

–Tu padre te quería, Gemma.

–Sí, bueno, como te dije el otro día, tenía un modo extraño de demostrarlo.

–Quizá te pareces tanto a él, que no eres capaz de

ver la situación tan difícil en la que estaba –dijo Andreas–. Te estabas interponiendo entre su esposa y él. Lo hiciste desde el principio y él tuvo que elegir.

–Bueno, estupendo para él. Esperemos que hiciera la elección correcta.

–Tu madrastra está destrozada por la manera con la que se ha escrito el testamento –dijo él.

–¿Has estado en contacto con ella? –Gemma se detuvo de nuevo para mirarlo.

–He hablado con ella en varias ocasiones.

–¿Qué te ha dicho? –la aprensión le recorrió las venas.

–Simplemente que creía que tu padre le iba a dejar algo. No esperaba que le dejara todo a ella, te reconoce como su única hija y el derecho a ser su heredera, pero estuvo casada con él casi catorce años y aparentemente eran felices.

Gemma frunció el ceño al considerar los motivos que habría tenido su padre. ¿Podría ser que en el último minuto hubiese cambiado de opinión sobre su esposa?

–¿Entonces por qué viniste a rescatarme? –preguntó Gemma tras otro largo silencio–. ¿Por qué no te pusiste del lado de Marcia? Después de todo, ella no ha sido la mujerzuela que tú has sugerido que yo era.

–Quería verte de nuevo. Para ver si habías cambiado.

–¿Y cuál es tu veredicto? –preguntó Gemma.

–Realmente no lo tengo claro. A veces siento que no te muestras como verdaderamente eres delante de mí, tal y como hiciste en el pasado –hizo una pausa–. Deberíamos volver y cenar algo.

Gemma comenzó a andar tras él, ya que su cojera

no le permitía andar muy rápido. Pero si a él le molestaba, no lo mostraba. La tomó de la mano y ella no se apartó...

La casa era como un refugio de la brisa del mar. Gemma se apartó el pelo de los ojos mientras Andreas cerraba la puerta.

–¡Puff! Parece que el otoño está llegando.

–No seas tonta –dijo él–. Ya sabes cómo es el tiempo en Sidney. Mañana perfectamente se podrían alcanzar los treinta grados. Pero la próxima semana estaremos en Italia, donde la primavera estará floreciendo.

Gemma quería pedirle más tiempo antes de conocer a su familia, pero parecía que él tenía todo arreglado. En vez de hacerlo, se encontró hablando sobre los vuelos y sobre dónde irían a hospedarse, como si fuesen cualquier pareja normal que se acaba de casar.

–Te llevarás bien con mis hermanas –dijo Andreas mientras se sentaban a cenar.

–¿Qué les has contado de mí?

–No mucho, simplemente que eres la mujer más preciosa que jamás he visto.

–Entonces se quedarán muy decepcionadas al verme –dijo ella, bajando la mirada.

–No lo creo.

–¿Les has dicho que cojeo y que tengo una cicatriz?

–No creí necesario describirte de esa manera.

–¿Y cómo me describiste... como a una pobre niña rica muy grosera?

–No.

Aquella única palabra la pilló por sorpresa. Se quedó allí sentada, reflexionando sobre lo que él le habría contado a su familia sobre ella.

—Gemma... —dijo él, haciendo que ella lo mirara— no tienes que ponerte nerviosa por conocer a mi familia. Te recibirán con los brazos abiertos.

—Sospecharán que nuestro matrimonio es una farsa.

—Desde luego que no lo harán por mi aptitud —le aseguró él—. Pero sin embargo, si tú eliges darles esa impresión, a duras penas te puedo detener, aunque te recomendaría que no lo hicieras. Mi familia nos hará sentir muy bien si creen que soy feliz contigo.

—Lo haré lo mejor que pueda —dijo ella—. Supongo que por lo menos te debo eso.

—No me debes nada, Gemma. Nadie me forzó a casarme contigo. Lo hice con mucho gusto.

—Todavía no entiendo por qué.

—No necesitas entender nada. Eres mi esposa y sólo en eso debes concentrarte por el momento.

Ella no podía pensar en otra cosa. Era su esposa y en un par de horas estaría compartiendo su cama...

Como si le hubiese leído los pensamientos, Andreas la miró.

—¿Preferirías pasar esta primera noche sola?

—¿Te... te importaría? —preguntó ella, que sabía que parecía patéticamente agradecida.

—Para nada —respondió él—. Como ya te he dicho, soy un hombre con mucha paciencia.

—No es que no seas atractivo... lo eres... es sólo que hace mucho que no... me he acostado con nadie.

—¿Te parezco atractivo, *cara*?

—Sería inútil negarlo cuando cada vez que me besas me siento como si... como si...

—¿Como si qué?

–Como si estuviera viva por primera vez en mi vida... verdaderamente viva...

Andreas se levantó y se acercó a ella, ayudándola a levantarse de la silla. Se quedó mirando su preciosa cara. Se sentía vacío y lleno al mismo tiempo.

–Si me recordaras de hace diez años, quizá no te sentirías atraída por mí.

Gemma le acarició la cara, preguntándose si él sospecharía de su engaño. No podía estar segura.

–Gemma, vete a la cama –dijo–. Te veré por la mañana.

–¿Y qué pasa con los platos de la cena? Te ayudaré a limpiar.

–Déjalo –dijo él–. Estás pálida y cansada.

–¿Dónde... dónde voy a dormir?

–Donde quieras. Mi casa tiene seis dormitorios... elige el que más te guste.

–Buenas noches, Andreas.

–*Buonanotte*, Gemma –dijo, acercándose y dándole un beso en el pelo.

Capítulo 11

GEMMA se despertó varias veces durante la noche. Le dolía la pierna y no podía encontrar una postura en la que estuviera a gusto. Al final se dio por vencida, se puso un albornoz y salió de la habitación para dirigirse al cuarto de baño del pasillo.

Buscó analgésicos en el armario que había bajo el lavabo, pero no encontró ninguno.

—Gemma, ¿está todo bien? —preguntó Andreas, llamando a la puerta.

Ella se acercó y abrió la puerta.

—No podía dormir. Estaba buscando analgésicos. ¿Tienes?

—Tengo algunos en mi cuarto de baño —contestó él—. ¿Te está dando problemas la pierna?

—Un poco —Gemma trató de no quedarse mirándole el pecho ni los calzoncillos negros que llevaba, que dejaban muy poco a la imaginación.

Andreas la llevó a su habitación y le dijo que se sentara en la cama. Él fue al cuarto de baño y regresó con un vaso de agua y dos pastillas.

—Éstas te sentarán bien.

Gemma tomó las pastillas de la palma de la mano de él y se las tragó.

—Gracias —dijo, devolviéndole el vaso de agua y disponiéndose a levantarse.

Pero él se lo impidió, poniéndole una mano en el hombro. Ella lo miró, desconcertada.

–Debería volver a mi habitación.

–No, no te vayas –pidió él–. Yo tampoco podía dormir. Quédate hablando conmigo un rato.

–No sé si es muy buena idea –se humedeció los labios, nerviosa.

–¿No confías en mí, Gemma?

«No confío en mí», fue lo que quería realmente decir ella.

–No tengo muchos temas de conversación. Seguramente que en cuestión de minutos te aburriría.

–Eso es exactamente lo que necesito para poder dormir –dijo él–. Eso, o contar ovejas. Ya he contados cientos y no ha tenido efecto.

Gemma no pudo evitar esbozar una pequeña sonrisa.

–Yo una vez conté hasta quince mil treinta y una, ¿o fueron quince mil treinta y dos...? No me acuerdo muy bien.

–Eso debe de ser un récord, ¿verdad? –dijo él, sonriendo a su vez y estirándose en la cama.

–Fue cuando estuve en el hospital tras haber sufrido el accidente –confesó–. Estaba frustrada de estar allí durante semanas. No me había dado cuenta de lo ruidosos que son los hospitales, incluso en la mitad de la noche. Creo que es por eso por lo que ahora tengo problemas de insomnio. Debe haberme alterado el sueño.

–¿Has intentado tomar pastillas?

–No... pensé que era mejor no ir por ese camino.

–Debió de haber sido muy confuso encontrarte en el hospital, herida, y sin saber qué había pasado.

–Fue espantoso –Gemma se apoyó en el costado para poder mirarlo–. Tenía tanto miedo. Uno de los policías que me interrogaron me trató como si yo fuese una criminal. Después me enteré de que él había perdido un hijo en un accidente. Supongo que por eso fue tan duro...

–Ocurren accidentes que no son culpa de nadie –señaló Andreas.

–Me culparon de conducción temeraria. Fue mi culpa. No puedo escaparme de eso.

–Parece que Michael Carter te ha perdonado. ¿No es hora de que te perdones a ti misma?

–Me gustaría superarlo algún día... pero no veo cómo podría sin recordar lo que me llevó a conducir tan peligrosamente. Yo ni siquiera llevaba puesto el cinturón de seguridad, como tampoco lo llevaba Michael, lo que era inusual, ya que normalmente soy muy quisquillosa con ese tipo de cosas.

–¿Has hablado con tu madrastra sobre esa noche? –preguntó Andreas–. ¿No fue ella la última persona con la que hablaste antes de salir del hotel?

–Sí. Hablé con ella unos meses después del accidente. Tras su primera visita al hospital me negué a verla de nuevo, lo que hizo que mi padre se pusiera furioso. Le había preguntado sobre qué habíamos estado discutiendo, pero ella insistió en que no lo habíamos hecho.

–¿Pero no la creíste?

Gemma suspiró y comenzó a morderse sus enrojecidas cutículas.

–Ya no sé qué creer. Lo recuerdo todo como una densa niebla. Me preocupa que lo que recuerdo sea lo que quiero recordar y que no sea lo que en realidad pasó.

Andreas le apartó la mano de la boca con suavidad y la colocó entre las suyas.

—¿Por eso os peleasteis tu padre y tú? —preguntó él—. ¿Por la versión de los hechos de aquella noche?

—Sí y no. Siempre tuvimos una relación difícil. Ambos teníamos la cabeza muy dura y supongo que los dos nos sentíamos culpables por la muerte de mi madre.

—Tú sólo tenías diez años... estoy seguro de que no te debes culpar por su muerte.

—Lo sé... pero es difícil no hacerlo. Sé lo exigentes que pueden ser los niños pequeños. Probablemente mi madre dejó de ver a un médico por lo preocupada que estaba por mí. Yo estaba muy mimada y a veces era muy difícil tratarme, así que no era fácil encontrar una niñera que me cuidara. Mi madre no tenía familia cercana. Sus padres habían muerto y, como mi padre trabaja muchísimo, no tenía muchos amigos íntimos. Supongo que como mi padre se sentía culpable yo también comencé a hacerlo. Yo era una hija terrible. Mi padre me dio todas las cosas materiales que yo pedía, supongo que para compensar la pérdida de mi madre, pero no era lo que yo quería. Mirando hacia atrás, no me puedo creer que actuara de una manera tan egoísta.

—Pero ahora has cambiado —observó él—. Apenas se reconoce en ti la jovencita de hace diez años.

Un corto silencio se apoderó del ambiente.

—¿Te arrepientes de algo que hayas hecho, Andreas? —preguntó ella con suavidad.

Él le soltó la mano y tomó un mechón de su pelo entre sus dedos.

—Me arrepiento de no haberte besado cuando hace diez años tuve la oportunidad.

—¿Por... por qué? —preguntó ella, que estaba sin aliento.

Él se acercó a ella y le tomó la cara entre sus manos, aturdiéndola.

—Porque si te hubiese besado cuando quise la primera vez, no creo que hubieras hecho ni dicho las cosas que hiciste.

—Desearía no haberte hecho daño. Si pudiera volver atrás, no diría... —dejó de hablar, deseando no haber dejado claro cuánto recordaba en realidad— lo que dices que te dije.

—Ya te has disculpado, no hay necesidad de que lo vuelvas a hacer.

Gemma levantó una mano y le acarició la cara.

—Eres una persona muy buena, Andreas, educado y bueno.

—¿Qué estás diciendo, *cara*? —preguntó él, mirándola a los ojos profundamente—. ¿Que te estás enamorando un poquito de mí?

—Tal vez un poquito —admitió ella, estremeciéndose al sentir que él le besaba la comisura de la boca.

—Eres la mujer más preciosa que jamás he conocido —dijo él sobre la boca de ella, abrazándola con las piernas.

Gemma sintió que se iba a derretir. No se podía creer cuánto le afectaba aquel hombre.

—Quiero que me hagas el amor —dijo ella, susurrando—. Quiero ser una esposa de verdad para ti.

—¿Estás segura de que esto es lo que quieres?

—Sí. Parece que es lo correcto de una manera que nunca antes hubiese creído. ¿Tiene eso sentido para ti?

—Tiene mucho sentido —contestó él—. Quizá estábamos predestinados a encontrarnos de nuevo. Hace diez años no era el momento, pero ahora sí.

–¿Sientes...? –tomó aire, temblorosa–. ¿... sientes algo por mí?

–Siento lo que siempre he sentido por ti, Gemma; un deseo apasionado, fuerte e incontrolable. He soñado con este momento. He deseado durante años sentirte debajo de mí, sentir tu respiración en mi boca y mi cuerpo dentro del tuyo.

Gemma no podía controlar su reacción ante aquello. Tenía todos sus sentidos al rojo vivo. Sintió cómo la íntima zona entre sus muslos cobraba vida al sentir la erección de él contra ella, que estaba deseando ser penetrada. Trató de disimular el nerviosismo que sentía, pero él debió de percatarse de ello, ya que comenzó a besarle el cuello con pasión, haciendo que ella lo necesitara fervientemente. Con delicadeza, él comenzó a quitarle el albornoz y el camisón.

Los recuerdos de su anterior experiencia sexual se borraron ante la delicadeza con que la tocaba Andreas. Todo lo que podía sentir era la necesidad de tenerlo. Rezaría para que él llegara a amarla como ella lo amaba a él.

Andreas le acarició los muslos, jugueteando con sus dedos hasta que ella se estremeció. Entonces él dirigió sus dedos hacia la zona más íntima de ella, donde más lo necesitaba.

Le separó las piernas con delicadeza y la penetró con un dedo, con tanta ternura, que provocó que ella casi llorara y que levantara las caderas para así ser penetrada más profundamente. Emitió un leve gemido al sentir que él rozaba su sensible perla, hinchada ante sus caricias.

–Oh... oh... oh... h... h... h...

Al dejarse llevar por todas aquellas emociones, las olas de placer la hicieron sentir un tumulto de sensaciones sobre las que no tenía ningún tipo de control. Se estremeció de placer hasta que estuvo completamente agotada. Suspiró de felicidad al tumbarse de nuevo en la cama.

—No pensaba... que iba a ocurrir... nunca me ha ocurrido así antes —dijo ella, asombrada.

—Espera a que lo volvamos a repetir —dijo él, sonriendo.

—¿Quieres decir que hay más? —Gemma esbozó una pícara sonrisa, sorprendida al sentirse a gusto haciéndolo.

—Mucho, mucho más, *cara* —contestó él, acercando su boca a la de ella.

Gemma no había pensado que su cuerpo fuese capaz de sentir más sensaciones deliciosas después de lo que había experimentado, pero había subestimado la habilidad que tenía Andreas de incitar deseo en ella incluso a niveles más altos. Lo hizo al chuparle ambos pechos, haciendo que a ella le devorase la pasión. Estuvo bastante tiempo jugando con sus pezones, haciendo que ella lo necesitase de una manera intolerable. Entonces le separó las piernas y se preparó para penetrarla. Gemma contuvo la respiración mientras él la penetraba. Al principio lo hizo gradualmente hasta que la seda líquida que provocaba en ella el deseo que sentía por él le facilitó hacerlo. Entonces la penetró profundamente, emitiendo un profundo gemido, como si hubiese llegado a un punto en que no era capaz de controlar sus emociones. Trató de hacerle el amor a un ritmo suave, pero pronto tuvo que hacerlo con un ritmo frenético y urgente en respuesta a ella. Ambos se movieron acompasadamente, delicada y salvajemente al mismo tiempo, lo que lo hacía más apasionante.

Andreas oyó los gemidos de ella justo cuando él sintió que llegaba al paraíso... como había soñado durante una década. Se quedó sobre ella, incapaz de moverse.

De repente se percató de que le estaba cayendo algo mojado en el brazo, a la altura de donde Gemma tenía posicionada la cabeza e, impresionado, se dio cuenta de que ella estaba llorando.

–*Dio mio!* –se apartó de ella y le limpió las lágrimas–. ¿Te he hecho daño?

–No... no me has hecho daño –Gemma trató de sonreír–. Has hecho lo contrario. Me has curado.

–No entiendo –dijo él, frunciendo el ceño, desconcertado.

El compasivo tono de voz de Andreas hizo que Gemma le contase los dolorosos detalles de la noche que había cambiado su vida. Él la escuchó, reflejando la impresión que sentía ante aquello, que después se convirtió en enfado y en empatía ante lo que ella había tenido que sufrir a manos de un hombre sin escrúpulos que no había pagado por lo que había hecho.

–Desde entonces no he sido capaz de... de... tener intimidad con nadie –confesó ella–. Eres el primer hombre que beso desde... aquella noche. Es irónico porque es mi cumpleaños. Hace siete años experimenté la experiencia más degradante de mi vida y tú me has hecho sentir como si aquella horrible noche no tuviera efecto sobre mí nunca más.

Andreas sintió como si le hubiesen dado un fuerte golpe en el pecho. Los azules ojos de ella reflejaban dolor al recordar todo aquello.

–Debió de ser una lección que yo debía aprender –dijo ella, rompiendo el tenso silencio.

–¡No! –Andreas la abrazó estrechamente–. Ninguna mujer se merece ser tratada de esa manera.

–Yo estaba borracha –le recordó, avergonzada–. No tenía control sobre mí misma y debía haberlo tenido. Nunca antes había estado tan borracha.

–Eso da igual. No es ninguna excusa. Nadie se debería aprovechar de alguien que no es capaz de consentir –insistió él.

–No he conocido nunca a nadie como tú –Gemma se apartó para poder mirarle a los ojos.

Al ver la confianza que reflejaban los ojos de Gemma cuando lo miró en aquel momento, algo se rompió dentro de Andreas. Tuvo que apartar su mirada por si ella veía cómo le había conmovido.

–¿Andreas? –dijo ella, susurrando.

Pero él la ignoró, levantándose de la cama y poniéndose su albornoz.

–Necesito darme una ducha –dijo él–. Dejaré que duermas tranquila el resto de la noche.

Gemma frunció el ceño cuando la puerta del cuarto de baño se cerró tras él. No pudo evitar preguntarse si él estaba decepcionado por algo. Ella había compartido su corazón con él y a él le había repugnado, quizá como también había hecho su cuerpo...

Capítulo 12

CUANDO Gemma se despertó al día siguiente por la mañana, Andreas ya estaba preparado. Se había dado una ducha tras una agotadora sesión de gimnasio. Pudo ver cómo se le marcaban los músculos al servir café justo cuando ella entraba en la cocina.

–He organizado nuestro viaje a Nápoles –le dijo a Gemma tras saludarla brevemente–. Salimos el viernes por la mañana.

–¿Tan pronto?

–No te preocupes, Gemma. Para entonces ya tendrás el dinero en tu cuenta bancaria.

–No lo digo por el dinero –dijo ella, frunciendo el ceño ante el cinismo del tono de Andreas.

–¿A no?

–Pues claro que no.

–A mí me parece que has llegado muy lejos para asegurarte una auténtica fortuna. Fortuna que me dices no tiene importancia para ti.

–Te dije que tengo que pagar algunas deudas.

–¿Así que todavía pretendes vender el hotel? –preguntó él, frunciendo el ceño a su vez.

–Sí.

–¿A qué precio?

–No sé cuánto debe valer. Dejaré que eso lo decidas tú –contestó, encogiéndose de hombros.

—Estás siendo muy insensata al confiar en alguien que apenas conoces para que maneje una cantidad tan grande de dinero —dijo él—. ¿Cómo sabes que no te timaré?

—Tú no eres de esa clase de persona. Eres un hombre de negocios con principios.

—Aun así creo que deberías pensarlo durante un par de días más antes de decidirte finalmente.

—No —insistió ella—. Ya me he decidido. La primera cuota no es suficiente para lo que quiero. Necesitaré que el hotel se venda dentro de seis meses para que me dé la seguridad financiera que necesito.

—¿Cuántas facturas de la tarjeta de crédito tienes amontonadas? —preguntó él, mirándola secamente.

—Las suficientes como para mantenerme en vela durante la noche.

—¿No has oído nada sobre cómo hacer un presupuesto?

—Mira, no necesito que me des lecciones sobre cómo organizar mis finanzas, Andreas —dijo ella—. No he podido trabajar debido a mis heridas, así que no insistas en decir que soy una inútil con el dinero. No me he comprado nada para mí desde hace muchísimo tiempo.

—Ya me he dado cuenta —dijo él—. Tu ropa no es muy moderna.

—No tengo ningún interés en ser moderna.

—En el pasado eras el paradigma de la modernidad. Solamente tenías que vestirte con un determinado color o estilo y ambos se convertían en lo que era de rigor.

—Sí, bueno, eso fue entonces y ahora así son las cosas. No estoy a gusto con colores llamativos ni con modelos ostentosos.

–¿Por lo que ocurrió la noche de tu veintiún cumpleaños?

Gemma apartó la vista.

–No hagas que me arrepienta de habértelo contado. Preferiría que no volvieras a referirte a ello. Me ha llevado muchos años aliviar el dolor. No me ayudará si sigues sacando el tema.

–Lo siento –el tono de voz de Andreas se dulcificó–. No lo volveré a mencionar.

–Gracias.

–Tengo que arreglar algunos asuntos de trabajo antes de que nos marchemos. ¿Estarás bien si te quedas sola el resto del día? Lo siento, pero hay cosas que tengo que tratar con mi gerente de negocios para poder tomarme diez días de vacaciones.

–Yo estoy acostumbrada a estar sola. Por favor, no te preocupes por mí.

Andreas observó la mueca que esbozó Gemma y tuvo que reprimir la necesidad que sintió de abrazarla, pero sabía que si lo hacía estaría pisando terreno peligroso.

Todavía no confiaba en ella completamente.

Aunque había hecho todo lo que había podido para ignorarlos, podía sentir cómo se volvían a despertar en él los sentimientos que había tenido hacia ella hacía diez años.

No quería volver a enamorarse de ella otra vez, ya que podría conducirle a que ella le destruyese su orgullo de nuevo.

Gemma decidió ir a visitar a Rachel y a Isabella en vez de pasar la mañana sola. Pero cuando llegó a la casa de su amiga le impresionó ver lo disgustada que estaba ésta.

—¿Qué demonios pasa? —preguntó mientras tomaba a la quejumbrosa Isabella de los brazos de su madre.

—Creo que alguien ha estado siguiéndome —contestó Rachel, temblando.

—¡Oh, no! ¿Has telefoneado a la policía? —a Gemma se le revolvió el estómago.

—No, no quiero atraer atención. Si un coche de policía aparca en mi puerta... ¿qué va a pensar el vecindario?

Gemma frunció el ceño ante la respuesta de su amiga, aunque podía entender por qué se sentía de aquella manera.

—Mira, recibiré el dinero en un par de días —le aseguró Gemma—. Antes de que te des cuenta estarás a salvo en los Estados Unidos, alejada de todo esto.

—Lo sé —Rachel se restregó los brazos agitadamente—. Es simplemente que no puedo evitar sentir que algo o alguien le van a robar esta oportunidad a Isabella.

—Nada le va a robar esta oportunidad a Isabella —dijo Gemma—. Nada. Yo no permitiré que nada ni nadie se interpongan. Puedo reservarte los billetes para que ahorres tiempo y que lo único que tengas que hacer sea hacer las maletas y montarte en el avión.

—Probablemente esté un poco paranoica. Sé que Brett está encerrado, pero ayer cuando volvía de la oficina de correos sentí que alguien me seguía.

—Tal vez lo que miraban era lo linda que es Isabella —sugirió Gemma, tratando de disipar los miedos de su amiga—. No es así, ¿preciosa? —arrulló a la pequeña—. ¿Quién podría pasar a tu lado sin querer tomarte en brazos y abrazarte?

–Es adorable, ¿verdad? –dijo Rachel, sonriendo y sintiéndose un poco menos tensa.

–Es la niña más preciosa que hay en el mundo.

Rachel se acercó y le acarició el brazo a Gemma.

–Gracias, Gemma. Sé que ya te las di el otro día, pero incluso si te las diera todos los días durante el resto de mi vida nunca sería suficiente para agradecerte lo que has hecho por nosotras.

–No quiero que me des las gracias. Todo lo que quiero es que Isabella se ponga bien.

Rachel se acercó a volver a tomar en brazos a su hija y la abrazó estrechamente.

–Entonces ése será nuestro propósito y que Dios pille confesado a quien se interponga en nuestro camino.

Cuando Gemma regresó a casa de Andreas, se sorprendió al ver lo despacio que transcurría el resto del día sin él. Mató el tiempo como pudo, pero estuvo inquieta y aburrida la mayor parte de la tarde.

Estuvo un rato en la piscina, comprobando sus fuerzas, disfrutando del ejercicio físico y del beneficio que éste tenía sobre su pierna.

Hacía muchísimo calor, por lo que tuvo que volver dentro de la casa, donde estuvo un par de deprimentes horas tratando de leer un libro en el que no estaba interesada. Se dirigió entonces a la cocina y se entretuvo preparando una comida. Preparó un estofado de carne y pastel de maracuyá para postre.

Justo cuando estaba tratando de colocar el postre en la nevera sonó el teléfono. Dejó el pastel en la encimera y se dirigió a responder.

–Hola, Susanne. ¿Está Andreas? –dijo una voz de mujer, susurrando de manera sexy.

–No soy Susanne –respondió Gemma fríamente.

–Oh... ¿entonces quién eres?... ¿una nueva ama de llaves?

–No, soy la esposa de Andreas –Gemma comenzó a irritarse.

Hubo un pequeño silencio al otro lado del teléfono.

–¿Quiere que le diga algo de su parte? –preguntó finalmente Gemma–. Mi marido no se encuentra en casa en este momento, pero volverá pronto.

–No. Hablaré personalmente con él cuando llegue aquí –dijo la mujer con una crispante confianza–. Vamos a cenar juntos... ¿no te lo ha dicho?

–Mencionó algo sobre un aburrido asunto de negocios que tenía que atender –respondió Gemma con un venenoso tono que odiaba emplear, pero había algo en aquella mujer que le irritaba.

–Así que tú eres la infame Gemma Landerstalle –dijo la mujer–. He oído todo sobre ti. Debo decir que Andreas no tardó mucho en conseguir que tu novio cambiase de idea sobre casarse contigo.

–¿Qué quiere decir? –Gemma sintió cómo se le erizaba la piel.

–Andreas le pagó para que te dejara plantada en el último minuto. ¿No te lo dijo? Le ofreció tres veces lo que tú le estabas ofreciendo y tu novio lo aceptó.

Gemma sintió como si le hubieran pegado en el estómago con algo frío y duro.

–No le creo –dijo, sintiendo cómo le temblaba el cuerpo debido al enfado que tenía.

–No, supongo que no, pero simplemente tienes que preguntarle a tu nuevo marido. Ya no tiene por

qué guardar el secreto durante más tiempo. Ya tiene
lo que quería. Le has prometido el hotel, ¿no es así?
Es lo que siempre ha querido y estaba dispuesto a casarse contigo para conseguirlo.

—¿Quien le digo que ha llamado? —logró preguntar
Gemma, que apenas podía hablar.

—Ah, le estoy oyendo —dijo la mujer—. Acaba de
llegar. Parece que esta noche vas a tener que ocupar
un segundo lugar. Pero claro, para Andreas los negocios siempre son lo primero, aunque también tiene
tiempo para el placer. Lo sé por experiencia personal.

Gemma quiso decir la última palabra, pero la mujer colgó el teléfono antes de que ella fuese capaz de
decir nada.

El enfado se apoderó de ella. Andreas no sólo había sobornado a Michael para que la abandonara y
poder ocupar él su puesto, sino que también tenía una
amante.

Era la peor traición de todas; ella le había revelado
su vulnerabilidad, le había dicho que estaba empezando a enamorarse de él y él se había marchado a la
cama de otra mujer. Ella no significaba nada para él;
simplemente quería vengarse de ella.

Cuando Gemma se despertó al día siguiente por la
mañana, Andreas, al cual había oído llegar de madrugada, ya se había marchado a su oficina y Susanne
estaba limpiando la cocina.

—Si va a jugar en mi cocina en un futuro, por favor, límpiela usted después —dijo Susanne—. Me ha
llevado casi una hora volver a ponerlo todo en orden.

—No es *tu* cocina —espetó Gemma.

—Tampoco es suya, o por lo menos no lo será durante más de seis meses. Su marido no tardará en darse cuenta de cómo es usted realmente. Según veo, la luna de miel ya se ha terminado.

Gemma casi no podía articular palabra por la impresión ante las palabras del ama de llaves. Pero entonces recordó que ella misma había hecho duros comentarios sobre el personal del hotel, incluida Susanne.

—Señora Vallory... Susanne... me doy cuenta de que he sido una persona horrible en el pasado... no tengo ninguna excusa. Sé que no me creerás si te digo que he cambiado, pero lo he hecho. Quiero disculparme por el daño que te causé, sé que fui grosera contigo en más de una ocasión, de la misma manera que lo fui con la mayoría del personal. Me arrepiento de muchas cosas de las que hice. Fui egoísta e inmadura y les hice daño a todos. Lo siento mucho.

Entonces se creó un pesado silencio.

Gemma observó la cara de Susanne para ver si veía reflejada en ella que hubiese dulcificado su aptitud, pero parecía que sólo una disculpa no iba a ser suficiente. El ama de llaves la miró con desprecio y continuó limpiando la encimera.

—Ya veremos —dijo Susanne, esbozando una mueca de desdén—. Ha sido una disculpa muy bonita, pero las palabras no son lo que cuenta.

—Tienes razón, desde luego —dijo Gemma—. Las acciones dicen mucho más. Tengo mucho trabajo que hacer para reparar el daño que causé... aunque alguno ya no se puede reparar y tengo que vivir con ello. De lo que más me arrepiento es de no haberle dicho a mi padre lo que necesitaba decirle. Nunca le dije que le quería, pero así era... le quería con locura. Supongo que era por eso que siempre estaba tratando de acaparar su atención, para que se fijara en mí.

—Su padre debió haber pasado más tiempo con usted —accedió Susanne bruscamente—. Yo estoy divorciada y tengo una hija de catorce años. Tiene muchas ganas de estar con su padre, pero él no tiene tiempo para ella ya que está muy ocupado con su nueva pareja y con su trabajo.

—¿Cómo se llama? —preguntó Gemma, separando un taburete de la cocina para sentarse.

—Joanna —respondió Susanne con orgullo materno—. Es una chica llena de vida, pero demasiado sensible.

—Sé cómo se siente una —confesó Gemma, suspirando tristemente—. Es todo una actuación; el desparpajo exterior para camuflar las inseguridades internas.

Se creó otro pequeño silencio.

—¿Le gustaría que le preparase algo para desayunar? —preguntó Susanne—. Puedo hacerle crepes o una tortilla.

—Oh, no... por favor, no te molestes. De todas maneras no tengo hambre.

—¿Nunca le dijo su madre que el desayuno es la comida más importante del día?

—Supongo que yo era demasiado pequeña como para haberla oído decirlo... —Gemma esbozó una triste mueca.

El ama de llaves puso su mano sobre la de Gemma y la apretó levemente.

—Lo siento. Ha sido muy insensible por mi parte. Olvidé que la perdió cuando era muy pequeña. Una niña de diez años necesita a su madre para que la prepare para ser una mujer. No es extraño que le fuese muy duro soportarlo.

–Tú no eres la que debería estar disculpándose conmigo –insistió Gemma.

–Siempre hay dos partes en cada historia –dijo Susanne–. Ahora me doy cuenta –le ofreció la mano sobre la encimera–. ¿Una tregua?

–Sí, claro que sí –Gemma apretó firmemente la mano de Susanne.

Susanne sonrió amigablemente.

–Me impresionó mucho el postre que hizo anoche. Debe darme la receta. ¿Dónde aprendió a cocinar así?

–¿Quieres decir que no lo has tirado?

–Pensé hacerlo, pero tenía un aspecto demasiado delicioso. Además de que me ha ahorrado un par de horas de trabajo para la cena de esta noche. El guiso que hizo estará más sabroso, ahora que los sabores han madurado.

–Eso si Andreas está libre esta noche –dijo Gemma, esbozando de nuevo una triste mueca.

–Mira, Gemma, permíteme llamarte de tú. Como estamos siendo sinceras, no sé los motivos que tuvo Andreas para casarse contigo, pero es un buen hombre. A tu padre le gustaba mucho. Sé que tienes un poco de amnesia desde que sufriste el accidente, pero hace diez años Andreas estaba enamorado de ti. Estaba loco por ti. Todos pensamos que era muy dulce.

–Me porté muy mal con él.

–Pero él me dijo que no te acordabas de él, que ni siquiera recordabas lo que dijiste de él aquel último día –Susanne, desconcertada, frunció el ceño.

–Hum... yo... no lo recuerdo –Gemma odiaba mentir, pero sabía que no podía hacer otra cosa–. Pero por la reacción que tuviste el otro día y por las cosas que me ha dicho él, asumo que no escapó a mi atroz comportamiento.

–Bueno, debe de haberte perdonado, si no... ¿por qué se habría casado contigo?

–Tiene una amante –espetó en vez de decir que lo había hecho para vengarse de ella–. Ayer por la noche hablé con ella por teléfono.

–Entonces vas a tener que intentarlo más duramente si quieres convencerle de que has cambiado –aconsejó Susanne–. No va a darte otra oportunidad de hacerle daño. Los hombres odian sentirse vulnerables, sobre todo los hombres como Andreas.

–Lo sé –dijo Gemma, suspirando–. No me había dado cuenta de que querer a alguien pudiese doler tanto.

–¿Lo amas?

Gemma asintió con la cabeza.

–En cuanto me besó algo se movió dentro de mí... nunca antes había sentido nada parecido.

Susanne volvió a tomarle la mano y apretarla.

–Realmente has cambiado, ¿no es así?

–Me ha costado mucho tiempo, pero sí... lo he hecho –al observar la maternal mirada de Susanne, a Gemma le recorrió por dentro algo cálido y agradable.

–Entonces todo lo que puedes hacer es mostrarte como eres y esperar que Andreas se enamore de la nueva versión de Gemma Landerstalle.

–Todavía estoy cambiando algunas cosas. Me podría llevar años perfeccionarlo.

–Eres perfecta así como eres –dijo Susanne, haciéndole sin ser consciente a Gemma el mayor cumplido de su vida–. Tienes corazón, Gemma. No creí que lo tuvieras, pero así es.

«Pero es muy probable que me lo rompan irreparablemente», se recordó Gemma a sí misma, agarrando la taza de café que le había preparado el ama de llaves.

—Por las segundas oportunidades —dijo Susanne mientras brindaba con su taza.

—Por las segundas oportunidades —respondió Gemma, pensando que tal vez no las mereciera...

Capítulo 13

QUÉ QUIERES decir con que hay un problema con la herencia? –le preguntó Andreas a su gerente de negocios, Jason Prentice–. Creía que el testamento era muy sencillo.

–Más o menos lo es, pero hay algunas complicaciones de última hora.

–¿Qué clase de complicaciones?

–Marcia Landerstalle ha impugnado el testamento de su marido –le informó Jason–. No se le puede dar ningún fondo a Gemma hasta que no se haya resuelto.

–Pero Gemma había sido nombrada la heredera principal –dijo Andreas–. Y hasta el momento ha cumplido con los requisitos exigidos por su padre.

–Lo sé, pero ya conoces cómo son los abogados... les gusta alargar este tipo de cosas para así poder sacarles a sus clientes más dinero. Aunque contrates al mejor equipo jurídico que puedas, Marcia Landerstalle tiene el suficiente dinero, debido a su familia, como para hacer que este tema se alargue durante meses, incluso años. Ocurre frecuentemente con las impugnaciones de los testamentos, hasta el punto de que a veces queda muy poco de la herencia original cuando finalmente se toma una decisión. La señora Landerstalle ha contratado a uno de los abogados más competentes de Sidney y, créeme, con la reputación que tiene éste, la lucha podría ser muy sucia. No ayuda a

Gemma el haber estado distanciada de su padre durante más de cinco años.

—A Gemma no le va a gustar esto —Andreas soltó aire.

—No, supongo que no —dijo Jason—. Pero lo que me sorprende es que Marcia Landerstalle no hubiese comenzado esto antes.

—Probablemente pensó que Gemma no llegaría a casarse. Además de que lo mantuvimos apartado de la prensa. Quizá se acabe de enterar.

—Mmm, supongo que eso tiene sentido —dijo Jason—. De todas maneras, te sugeriría que pagaras las deudas de tu esposa y que esperéis a que los abogados resuelvan este asunto. Seguro que un hombre tan rico como tú puede soportar pagar unas pocas facturas de la tarjeta de crédito.

—Gemma quiere venderme el hotel.

—¿De verdad?

Andreas asintió con la cabeza.

—¿A qué precio?

—Me ha dejado que eso lo decida yo.

—Bueno, no tiene la autoridad para vendérselo a nadie hasta que no sea oficialmente suyo.

A Andreas le desconcertó un poco todo aquello. Gemma se había casado con él para poder acceder a la herencia de su padre y en aquel momento quizá tardara meses, o incluso años, en conseguirlo.

—¿Hay algo más que deba saber? —le preguntó a su agente de negocios.

—Sí —dijo Jason—. Pero esta vez son buenas noticias. La casa en la que estabas interesado, en la costa central, está disponible y el vendedor ha aceptado la oferta que hiciste. La reforma puede comenzar en cuanto nos den permiso de obra.

–¿Algo más?

–No, simplemente el papeleo de siempre. Todo esto va a hacer que no pueda asistir a la fiesta de aniversario de mis suegros.

Andreas le puso una mano en el hombro a su agente mientras se disponía a marcharse.

–Como de costumbre has hecho un buen trabajo, Jason. Vete a casa y relájate. Siento haberte avisado con tan poco tiempo de todo esto, pero con este viaje a Italia no me ha quedado más remedio. Necesito dejarte a cargo de todo.

–No hay problema –dijo Jason–. De todas maneras la idea de pasar tres o cuatro horas con mis suegros no era muy atractiva.

–Llámame si me necesitas. Puedes hacerlo a cualquier hora a mi móvil –Andreas sonrió.

–Espero que te vaya bien en el viaje, con Gemma y tu familia.

–Estoy seguro de que mi familia la adorará al instante –dijo Andreas.

–Seguro que sí –dijo Jason–. Es una mujer preciosa, o por lo menos lo era cuando yo la conocí.

–¿Conocías a Gemma? –Andreas frunció el ceño.

–Sí. ¿No te he contado que trabajé en uno de los clubes nocturnos cercanos al hotel Landerstalle hace unos años? No sé si fue durante la época en la que tú estuviste en Australia. Gemma no tenía muy buena reputación por aquel entonces e iba a todas las fiestas. De repente, desapareció de la escena social. Oí que se convirtió en una especie de reclusa.

–Quizá simplemente maduró –sugirió Andreas.

–Sí, bueno, supongo que todos tenemos que hacerlo en algún momento –dijo Jason.

—Sí... sí, así es —estuvo de acuerdo Andreas, saliendo junto a su gerente de la oficina.

—¿Dónde está Susanne? —preguntó Andreas al entrar en la cocina más tarde aquel mismo día.

Vio a Gemma vigilando la cazuela que había hecho el día anterior, que estaba recalentando.

—Le di un par de horas libres.

—¿Y ella estuvo de acuerdo? —preguntó Andreas, impresionado.

—Sí.

—¿Qué estás haciendo? —preguntó él, mirando la cazuela.

—¿Qué te parece que estoy haciendo?

—Yo tengo contratada a Susanne para que cocine para mí. No espero que lo hagas tú.

—No, yo sólo soy la mujer con la que duermes de manera excepcional antes de marcharte con tu amante.

—¿Te importaría explicarme lo que quieres decir con eso? —preguntó él.

—No veo que sea necesario —contestó ella—. Tú puedes hacer lo que quieras con tu vida privada, lo que desde luego quiere decir que yo también puedo hacerlo.

—Yo no tengo ninguna amante.

—Entonces tal vez se lo tengas que recordar a la mujer que telefoneó ayer por la tarde queriendo hablar contigo. Ella tenía la impresión de que era tu amante.

—¿Cómo se llamaba?

—No me lo dijo. Además de que no me dio tiempo a preguntárselo, ya que colgó el teléfono poco después de que tú llegases a su casa para cenar.

—Cené en mi oficina.

—Buen intento, Andreas —dijo Gemma—. Pero yo no soy tan crédula. No te confundas, no soy para nada celosa. Puedes verte con quien quieras, pero apreciaría si por lo menos fueras discreto.

—¿Qué clase de hombre crees que soy? —gruñó él.

—Realmente no lo sé, ¿no es así? Pensaba que eras un hombre de principios, un hombre decente y sincero, pero aun así a ti te parece normal tener un romance a mis espaldas.

—*No* estoy teniendo ningún romance a tus espaldas.

—No —dijo ella, tomando la cacerola para llevarla al comedor—. Lo estás haciendo delante de mis narices.

Andreas maldijo y la siguió al comedor. La mesa estaba muy bien adornada. Estaba claro que, a pesar de lo que creía que él había hecho, Gemma se había molestado mucho con todo aquello. Se sentó y tomó la botella de vino tinto, sirviendo un vaso.

—Tengo que darte algunas malas noticias —dijo él una vez ella hubo servido la comida.

—¿Oh? —Gemma lo miró con interés—. ¿Ahora es cuando me confiesas que pagaste a Michael para que no se casara conmigo?

—Iba a dejar eso para después, pero ya que lo has mencionado, quizá debería explicarte mis motivos.

—Aunque lo haces tarde, te lo agradecería.

—Tú ibas por el camino de la destrucción y yo quería arreglarlo.

—Bueno, muchísimas gracias por llenar el hueco de esa manera —dijo ella con gran sarcasmo—. Realmente no sé cómo agradecértelo.

—Él no era el esposo adecuado para ti.

—¿Y tú lo eres? —Gemma lo miró con incredulidad—. Por favor, tal vez haya perdido parte de mi memoria, pero no soy estúpida.

—No quería que echaras tu vida a perder con un hombre que tu padre pensaba no tenía tus intereses en cuenta.

—Yo no veo que tú seas mejor que Michael —dijo ella amargamente—. Tú ya me has traicionado y no una, sino dos veces.

—Tu padre no confiaba en Michael Carter.

—A mi padre le parecía intolerable el estilo de vida de Michael. No se paró a pensar que Michael fue el único que permaneció a mi lado cuando todo el mundo me dejó sola al recuperarme de mis heridas.

—La culpabilidad tiene ese efecto en las personas.

—¿Qué quieres decir con eso? —Gemma frunció el ceño.

—Tú has aceptado que la culpa del accidente fue tuya pero... ¿has pensado alguna vez que tal vez la culpa de lo que pasó aquella noche no fue tuya?

Gemma se quedó mirándolo durante lo que parecieron unos segundos interminables.

—Yo... no sé lo que quieres decir... Hicieron análisis de ADN. Era mi coche y yo estaba conduciendo... mis huellas estaban por todo el volante.

—Tú no recuerdas nada de aquella noche. ¿Cómo sabes que ocurrió como establece el informe?

—Lo sé. De una manera tiene sentido... llámalo karma o como quieras. Me lo merecía.

—Yo no creo que te merezcas estar castigándote indefinidamente con algo de lo que no te acuerdas. Somos lo que recordamos. Si le borras a alguien sus recuerdos, deja de ser la persona que era.

Gemma frunció el ceño, preguntándose si podría ser verdad.

—¿Estás diciendo que la Gemma Landerstalle de hace diez años ya no existe?

—¿Quién sabe? —dijo él—. ¿Tú qué crees? Tú eres la única que puede responder a eso sinceramente.

—Has dicho que tenías algunas noticias desafortunadas que darme. ¿Qué has querido decir?

—Son malas noticias.

—¿Estás teniendo más de una aventura? —preguntó ella, mirándolo.

—No, me temo que es mucho peor que eso.

—¿Qué... qué clase de malas noticias? —quiso saber Gemma, asustada.

—Tu madrastra está impugnando el testamento de tu padre.

—Pero aun así yo recibiré mi dinero en un par de días, ¿no es así?

A Andreas le llamó la atención lo ingenua que era Gemma.

—Es muy poco probable que así sea —le informó—. Busqué asesoramiento legal esta mañana. Podría llevar meses, incluso años, tener acceso completo a la herencia de tu padre.

A Gemma se le cayó el tenedor de las manos.

—¿*Meses*? ¡Pero yo lo necesito ahora! ¡Lo necesito esta semana, o por lo menos antes de marcharnos a Italia!

—Yo puedo pagar tus deudas mientras tanto —ofreció él—. Simplemente dime la cifra y yo haré que hagan una transferencia a tu cuenta bancaria por ese importe.

Gemma bajó la mirada. Se le quitó el apetito. ¿Cómo iba a decirle que necesitaba cien mil dólares, o incluso más? Él era millonario, pero aun así era muchísimo dinero.

—Es muy amable por tu parte –dijo ella entre dientes.

—Soy un hombre rico, Gemma. Estoy seguro de que no has acumulado suficientes deudas como para arruinarme.

—No estés tan seguro –dijo ella, sonriendo débilmente.

—¿Cuánto necesitas?

—Cien mil dólares... para empezar...

Andreas se quedó un poco impresionado, pero respondió con calma.

—Haré que tengas el dinero mañana.

Gemma apretó los labios para controlar el sentimiento de alivio que amenazaba con desbordarla.

—¿Estás siendo sincera conmigo, Gemma? –preguntó él, mirándola perspicazmente–. ¿Estamos hablando de simples deudas o de deudas de juego o drogas?

—Estoy siendo sincera –dijo ella, forzándose a mirarle a los ojos–. Tengo algunas deudas, más de las que me gustaría, pero no tienen nada que ver con ningún vicio que no sea la adicción a las compras.

—Entonces debo decir que no hay mucha evidencia de tu adicción –remarcó él irónicamente, mirando de arriba abajo la simple ropa que llevaba ella.

—Ya lo tengo superado.

—Tengo dos hermanas que sin duda volverán a hacer que caigas si vas con ellas de compras.

—Trataré de contenerme.

—No tienes necesidad de hacerlo. Soy, como dije antes, un hombre rico. Puedo permitirme que te vistas con la ropa de diseño que elijas. De hecho, preferiría si vistieras un poco más llamativa.

—No me gusta acaparar la atención.

—Gemma, tienes que dejar que el pasado sea eso, pasado. Eres una mujer preciosa que no se debería estar escondiendo detrás de hábitos de monja.

—¿Tu amante viste exuberantemente?

—Mi relación con Estella Garrison terminó hace varios meses, pero nos mantenemos como socios de negocios. Acabo de comprarle una casa en la costa central. No tenía ningún derecho de contarte los acuerdos a los que llegué con Michael. No entiendo cómo se enteró. Quizá me oyera hablando con él o algo así. Pero no tienes que sentirte amenazada por ella, créeme.

—No me siento ni un poco amenazada. Tú puedes tener tus devaneos, ya verás que no me importa.

—Pero sí que te importa, *mia piccola* —dijo él con suavidad—. Aunque intentas ocultarlo con todas tus fuerzas, puedo ver reflejado en tus azules ojos que estás herida.

—En realidad no estoy enamorada de ti —dijo ella, manteniendo la cabeza agachada—. Simplemente estaba patéticamente agradecida de que hubieras sido capaz de hacerme superar mi... hum... frigidez. Eso es todo.

—Me alegra haber sido de ayuda —dijo Andreas—. Pero no te olvides de nuestro acuerdo.

—No me he olvidado.

—Quiero un hijo. Quizá incluso ya lo hayamos concebido.

Gemma sintió cómo la culpa le traspasaba el pecho, pero rehuyó mirarle a los ojos.

—¿Cómo pueden ser los hombres tan arrogantes

que se creen que con sólo un encuentro sexual van a conseguirlo?

–No pretendo que sólo haya un encuentro sexual –dijo él en un tono sexy–. Estoy planeando muchos encuentros, todos ellos apasionados. Estarás embarazada antes de que transcurran los seis meses, estoy seguro. De hecho, me atrevería a aventurar que no tardaremos mucho.

«Tardaremos toda la vida y se necesitaría un milagro», pensó Gemma, atormentada.

–Vamos, Gemma, come. Es una comida estupenda. Te ha salido muy bien. ¿Dónde aprendiste a cocinar así? No tenía ni idea de que tenías tanto talento.

–Hice un curso hace un par de años. Lo daba un chef que enseñaba lo básico. Me divierte.

–Te aplaudo por tomarte el tiempo y la molestia de hacerlo –dijo él–. Me temo que a mí me han mimado bastante. Puedo hacer un huevo duro, pero poco más.

–Si quieres te puedo enseñar.

–Sólo si tú me dejas que te enseñe a hablar italiano –dijo Andreas, sonriendo.

–Podría llevarnos mucho tiempo. Luego no digas que no te advertí.

Él, pensativo, se quedó mirándola durante largo rato, pero no contestó. Ella comenzó a comer casi automáticamente para poder escapar de la penetrante mirada de él que tanto la perturbaba.

Capítulo 14

UNA VEZ terminaron de cenar, Gemma fue a dirigirse hacia su habitación, pero Andreas la detuvo, agarrándola por el brazo.

—No vamos a dormir separados en este matrimonio, *cara*. No lo vamos a volver a hacer.

—Dejando a un lado los celos, yo no soy de las que comparto pareja —dijo Gemma, conteniendo un escalofrío al ver la bronceada mano de él sobre su brazo.

Andreas le levantó la barbilla, haciendo que sus miradas se encontraran.

—Te lo diré de nuevo. No estoy siendo infiel. He querido tenerte durante diez años y todavía quiero. No hay nadie más y no lo habrá a no ser que uno de nosotros, o ambos, quiera terminar con este matrimonio.

Gemma deseaba confiar en él. Después de todo él había ido a rescatarla y, aunque lo había hecho tras coaccionar a Michael, hasta aquel momento no la había tratado mal. Si decía que no estaba involucrado con nadie más, al menos debería darle el beneficio de la duda.

—Sé que tú también me deseas —dijo Andreas—. No hay necesidad de que te escondas detrás de esa pared de frialdad que has creado a tu alrededor. El otro día la traspasé y me encontré con una mujer apasionada que tiene necesidades y sentimientos que no deben ser negados durante más tiempo.

—Hasta la otra noche no me había percatado de lo terriblemente sola que he estado —dijo ella, sorprendiéndose a sí misma ante su repentina sinceridad.

Andreas la acercó a él y hundió la cabeza en el perfume de su pelo.

—Ahora ya no tienes necesidad de estar sola. Estamos juntos en esto.

Pero mientras él posaba su boca en la de ella, Gemma se preguntó durante cuánto tiempo sería, aunque en pocos segundos estuvo perdida en las embriagadoras sensaciones que él provocaba en ella. Sus lenguas se acariciaron, haciendo que en cuestión de minutos ella estuviera sin aliento y suplicando que el cuerpo de él la complaciera.

No hubo tiempo de llegar al dormitorio. El enorme sofá de cuero del salón fue todo lo que necesitaron para deleitarse con un apareamiento urgente y delicado al mismo tiempo.

Andreas comenzó a acariciarle los muslos, haciendo que el cuerpo de ella lo ansiara tanto, que Gemma lo tuvo que atraer hacia ella con un descaro que hasta entonces no conocía. Bajó por su cuerpo, acariciándolo con su boca y lengua, disfrutando al ver el poder que tenía sobre él.

—No... —dijo él—. No me puedo controlar.

—Deja que te complazca.

—Todo lo que tú haces me complace. No tienes que... *Dio Mio.*

Gemma se regocijó al sentir cómo reaccionaba el cuerpo de él ante ella; la intensidad de aquel contacto íntimo estaba más allá de todo lo que ella había experimentado antes.

–Eres una diosa –dijo él, atrayéndola a su pecho una vez hubo llegado al clímax del placer–. Una diosa cautivadora totalmente inolvidable.

Gemma se acurrucó en él, con la cabeza en su pecho, oyendo su todavía agitado corazón.

–Me gusta cómo suena... –Gemma suspiró mientras cerraba los ojos, adormecida–. Tú también eres totalmente inolvidable.

Para Gemma, el viaje a Nápoles fue completamente distinto a la última vez que había viajado al extranjero. Aunque había volado en primera clase cuando lo había hecho con su padre y con su madrastra cuando era una quinceañera, el avión privado de Andreas superaba a todo con lo que ella hubiese podido soñar.

Cuando llegaron, fueron recibidos por un empleado de Trigliani, que también trabajaba como chófer. Éste saludó a Gemma con una calidez que ella encontró tranquilizadora.

La pintoresca villa de Andreas estaba en un pequeño pueblo llamado L`Annunziata, en una posición privilegiada en la cumbre de una colina desde la que se podían ver la isla de Capri y el golfo de Nápoles. El pueblo estaba a diez kilómetros de Sorrento.

Gemma no pudo contener el placer que le dio ver la residencia vacacional de la familia de Andreas.

–Es tan... bonito... –dijo ella, tomando la mano que le tendía Andreas para acercarse a la entrada principal de la casa una vez llegaron–. Es el lugar más maravilloso que jamás haya visto.

Él le sonrió y la guió hasta donde su madre y sus dos embarazadas hermanas estaban esperando con los brazos abiertos. Las mujeres la abrazaron y los cuñados de Andreas le dieron dos besos en las mejillas.

–Mi madre habla un poquito de inglés, pero yo te traduciré si las cosas se ponen demasiado difíciles –explicó Andreas–. Lucia, Gianna, Paolo y Ricardo lo hablan con fluidez, al menos lo hablan como yo.

Pero parecía que la barrera idiomática no suponía ningún problema, ya que Gemma fue tratada como una princesa desde que entró en la antigua villa.

Los siguientes días transcurrieron como en una nube, con buena comida y un poco de ejercicio en la piscina situada en la parte trasera de la casa.

Parecía que Andreas estaba decidido a enseñarle todo. Exploraron Sorrento y Positano minuciosamente, comieron exquisitamente en los restaurantes y cafés. Las hermanas de él prometieron que si no estuvieran a punto de dar a luz la hubiesen llevado de compras a Roma o Milán para que su viaje hubiese sido perfecto.

–En realidad no me gusta mucho comprar –dijo Gemma, riéndose, sintiéndose relajada y feliz como no lo hacía en años, o quizá como nunca se había sentido.

Pero entonces vio que Andreas estaba frunciendo el ceño, con una crítica mirada. Éste había cumplido con su palabra y había depositado la cantidad que ella le había indicado en su cuenta bancaria. Entonces ella había transferido el dinero a la cuenta de Rachel. Saber que Rachel e Isabella estaban viajando a los Estados Unidos la tenía en un estado cercano a la euforia.

Se negó a pensar en los juicios que le esperaban cuando volviera a Sidney. Sabía que la lucha con

Marcia iba a ser larga y dura, pero sus problemas inmediatos habían sido resueltos, o por lo menos lo serían cuando a Isabella le dijesen que estaba bien. Sólo entonces se sentiría lo suficientemente segura para decirle a Andreas en qué se había gastado su dinero. Y una vez que tuviese la herencia de su padre se lo devolvería.

—¿Y eso que oí sobre unas cuantiosas facturas de la tarjeta de crédito? —bromeó Lucia—. Mi hermano dice que eres... ¿cómo se dice en inglés... una entendida del consumismo?

—Así es —dijo Andreas con una expresión ilegible al mirar a Gemma—. Gemma sólo tiene un vicio: comprar compulsivamente.

—Entonces estás en muy buena compañía —dijo Paolo, que se ganó un pellizco de su mujer.

La alegre conversación continuó, pero sin que Gemma interviniera. Comenzó a sentir dolor tras sus ojos y la mirada borrosa. Sintió nauseas.

—¿Estás bien? —le preguntó Gianna tras un par de minutos.

—No me encuentro bien. Creo que he tomado demasiado el sol —Gemma sonrió levemente.

—Tal vez estés embarazada —sugirió Lucia—. Yo estuve enferma casi desde el principio.

—No —dijo Gemma sin pensar—. No puedo estar embarazada. Es sólo un dolor de cabeza. Me echaré un rato y después ya estaré bien.

La madre de Andreas ayudó a su nuera a entrar en la villa y meterse en la cama, tratándola como a una hija. A Gemma le costó contener la emoción que le estaba causando el trato tan tierno que le daba aquella gente.

Había visto las sospechas que se reflejaron en los

ojos de Andreas cuando ella había metido la pata re-
velando que no le gustaba comprar y no entendía por
qué no le hacía frente.

Gemma oyó cómo él entraba a la habitación de
ambos más tarde aquella tarde, con una bandeja con
comida preparada por el ama de llaves de la familia.

—Mi madre pensó que tal vez tendrías hambre –dijo
él, cerrando la puerta tras de sí con el pie.

—No tengo hambre.

—Deberías comer –insistió él–. Si, como ha sugerido Lucia, estás embarazada, debes comer aunque
no tengas ganas.

—No estoy embarazada.

—Parece que estás muy segura de ello –dijo él, mirándola fijamente.

—Conozco mi propio cuerpo.

—¿Cuándo te tiene que venir el periodo?

—Oh, por favor, ¿tenemos que hablar sobre eso
ahora?

—Sí, creo que sí –dijo Andreas, colocando la bandeja en la mesilla de noche y sentándose en el borde
de la cama.

—Ya te dije que todavía no estoy preparada para tener un hijo.

—¿Estás haciendo algo para evitar quedarte embarazada?

—Puedes inspeccionar mi neceser por si encuentras
píldoras o diafragmas, pero no... no estoy haciendo
nada para evitarlo.

—No depende sólo de ti, Gemma. Tener relaciones
sexuales sin protección lleva a quedarse embarazada
en pocos meses si se practica sexo frecuentemente.

–No tengo ganas de hacerlo si es por eso por lo que estás aquí.

–Si crees que soy la clase de hombre que insistiría en ejercer sus derechos maritales cuando tú no estás bien, entonces voy a tener que hacerte cambiar la opinión que tienes de mí.

–Me gustaría que me dejaras sola –dijo Gemma, dándose la vuelta.

En ese momento se creó un tenso silencio.

–¿Qué hiciste con el dinero que te di? –preguntó Andreas.

–Me lo gasté –Gemma agarró la sábana con fuerza.

–¿En qué?

–En facturas.

–Tengo los extractos bancarios de tus tarjetas de crédito en mi cartera. No has usado una tarjeta de crédito en más o menos dos años.

Gemma supo que la había cazado. Trató de pensar en algo, pero tras haber tenido una migraña no podía hacerlo con claridad. Aunque la factura se pasaría al mes siguiente, no podía estar segura de que él no hubiera visto que había comprado dos billetes de avión con su tarjeta.

–Te lo voy a preguntar otra vez, Gemma. ¿Tienes un problema de adicción a las drogas o de juego?

–No.

–¿Hay alguien que te esté chantajeando?

En ese momento Gemma se percató de que podía haber pensado en eso.

–¿Gemma? –provocó él.

–No... yo... se lo presté a una amiga.

–¿A quién?

–No te lo puedo decir.

–¿Por qué no?

–Porque...

–¿Porque qué?

–Porque mi amiga necesita que yo no se lo diga a nadie –contestó ella, dándose la vuelta para poder mirarlo a los ojos–. No te puedo decir mucho más. Me temo que vas a tener que confiar en mí.

–¿Te va a devolver el dinero tu amiga?

–No –susurró ella, bajando la vista ante la repentina intensidad de la mirada de Andreas.

–Ya veo –dijo él con la dureza reflejada en la voz–. Así que regalaste cien mil dólares de mi dinero, cuando ni siquiera estabas segura de que ibas a ser capaz de recuperarlos mediante la herencia de tu padre para devolvérmelos, a alguien cuya identidad no revelas... ¿y se supone que yo tengo que estar contento con eso?

–Te pagaré –dijo ella–. Juro por Dios que te pagaré aunque me cueste toda la vida recuperar el dinero.

–Sólo debería llevarte nueve meses –dijo él, levantándose, con el enfado reflejado en la cara.

–No soy una maquina de reproducción –espetó ella, furiosa.

–Y yo no soy una maquina de dinero –dijo Andreas desde la puerta, mirándola de mala manera.

Dio un portazo al salir, que fue como una bofetada para la todavía delicada cabeza de Gemma. Ésta se acurrucó entre las almohadas y luchó contra la desesperación que amenazaba con consumirla. Pero le fue imposible. Comenzó a llorar desesperadamente...

Capítulo 15

AUNQUE estaba segura de que nadie en la familia de Andreas se había dado cuenta, Gemma era consciente del inquietante enfado que éste tenía. Cuando su familia estaba delante fingía muy bien, pero por la noche dormía muy alejado de ella en la cama y no se acercaba a tocarla. Ella permanecía despierta durante horas, deseando acercarse a él, pero su orgullo se lo impedía. Si él le hubiese dicho que la amaba, ella se hubiese aproximado a él, incluso tal vez se hubiese confiado hasta el punto de contarle la verdad sobre Isabella. Pero no podía hacerlo sin esa declaración...

Dos días antes del que tenían previsto para marcharse, Lucía anunció que su bebé estaba en camino. Y pocas horas después de que ésta hubiese ingresado en el hospital, Gianna anunció lo mismo.

Todo el mundo en la villa estaba alborotado, y entre ellos Gemma, aunque le dolía pensar que ella nunca experimentaría lo que Lucía y Gianna estaban experimentando.

Lucía tuvo un niño a las cuatro de esa misma tarde y tres horas más tarde Gianna dio a luz a una niña. Ambos bebés llenaron en parte el vacío que sentía la madre de Andreas.

Cuando les dijeron que ya se tenían que marchar del hospital para dejar a las madres descansar, Gemma se sintió aliviada. Andreas condujo de vuelta a la villa sin hablar.

—Ha sido agradable que hayas podido conocer a tus sobrinos antes de marcharnos —dijo por fin ella, rompiendo el silencio.

—Sí.

—Andreas... —se humedeció los labios y lo intentó de nuevo—. Realmente me gusta tu familia. Tienes mucha suerte.

Él miró hacia ella fugazmente, pero no respondió.

Gemma se echó para atrás en su asiento y suspiró. Iba a ser un largo trayecto de vuelta...

El viaje de regreso a Australia fue agotador. Cuando por fin llegaron a la casa de Andreas, a Gemma le alivió ver que Susanne había preparado la cama.

—Pensé que quizá tengas un poco de desfase horario —dijo el ama de llaves—. Parece que a Andreas no le afecta, pero me da la impresión de que tú no te recuperas fácilmente.

—Me siento como si el avión en el que acabo de regresar me hubiera pasado por encima varias veces —Gemma sonrió lánguidamente.

—Pasará. Cierra los ojos y duerme un poco. Te dejaré preparada una estupenda cena para cuando te despiertes. Andreas se ha marchado a la oficina; debería volver en más o menos una hora.

—Gracias, Susanne. Estás siendo muy amable conmigo. Realmente te estoy muy agradecida.

—No pasa nada —dijo el ama de llaves—. ¿Qué te ha parecido la familia Trigliani?

—Son maravillosos —contestó Gemma—. Desearía haber tenido una familia como ellos cuando era joven. No me extraña que Andreas sea tan... tan...

—¿Adorable?

—Sí... pero él no me ama —dijo Gemma, que sintió cómo se le encogía el corazón.

—¿Qué era eso que estábamos diciendo el otro día sobre las palabras y las acciones? —le recordó Susanne mientras le dio una última palmadita a la cama—. Que no le prestáramos atención a lo que se decía a menos que las acciones lo ratificaran.

Mientras Susanne se marchaba de la habitación, Gemma se acomodó en la cama pensando en el comentario del ama de llaves. Andreas no había dicho nada sobre sus sentimientos, pero a veces sus acciones reflejaban sentimientos muy profundos, sentimientos que tal vez todavía no estuviese dispuesto a expresar con palabras.

Se preguntó si sería posible que él nunca hubiese dejado de estar enamorado de ella.

La luz que se colaba por la ventana le estaba haciendo difícil dormir y, justo cuando parecía que iba a conseguirlo, oyó que llamaban a la puerta.

Esperó a que Susanne fuera a contestar, pero entonces, al ver la hora, se dio cuenta de que ésta ya se habría marchado.

Pensó en ignorar que estaban llamando a la puerta una y otra vez, pero parecía que alguien tenía mucho interés en hablar con alguien de aquella casa así que, poniéndose un albornoz, bajó y abrió.

—¡Michael! —Gemma se quedó mirándole, sorprendida—. Pensaba que estabas en el extranjero.

—Me marcho la semana que viene —dijo él, que mirando a su pareja, que estaba de pie al lado de su silla de ruedas, le pidió que lo esperara en la furgoneta.

Gemma abrió la puerta de par en par para que Michael pudiese pasar con su silla.

—¿Cómo estás, Gemma? —preguntó Michael una vez estuvieron en el salón.

—Estoy bien. ¿Y tú cómo estás? —Gemma lo miró con dureza—. ¿Disfrutando de la nueva independencia económica que te ha otorgado mi marido?

—Sabía que te enfadarías conmigo, pero pensé que era lo mejor. Si te hace sentirte mejor, debes saber que sólo acepté el dinero porque Andreas insistió.

—¡Qué considerado de tu parte!

Parecía que Michael no estaba a gusto y no era capaz de mirarla a los ojos.

—Tu madrastra fue a verme —dijo él tras una larga pausa.

—¿Oh? —Gemma se sentó en el borde del sofá—. ¿Qué quería?

—Me dijo que estaba impugnando el testamento de tu padre.

—Sí... ya me lo habían dicho.

En ese momento Michael la miró directamente a los ojos.

—Gemma... —se aclaró la garganta y continuó—: hay cosas sobre... esa noche que recuerdo.

Gemma se levantó, de repente muy tensa y en alerta.

—¿Has recuperado la memoria?

Michael volvió a apartar la mirada y se quedó mirando la alfombra persa del suelo.

—Nunca la perdí.

Ella lo miró, estupefacta. Le dolía tanto el pecho, que apenas podía respirar.

—¿Que tú qué? —dijo ella, tragando saliva convulsivamente.

—Cuando me desperté del coma estuve aturdido durante mucho tiempo. Mi padre me dijo que a ti te habían acusado de conducción temeraria y que yo iba a recibir una gran cantidad de dinero como indemnización de la compañía de seguros. También me dijo que tú sufrías de amnesia. No recordabas nada del accidente ni de lo que había ocurrido antes.

Gemma no podía hablar. Sintió cómo algo frío, duro y afilado le recorría la espina dorsal.

—Me dijo que no me darían ni un céntimo si se probaba que yo era el conductor.

—Pero tú no eras el conductor —dijo Gemma, tratando de entender lo que él estaba diciendo—. Era mi coche. Yo había ido a tu casa aquella noche. Tú mismo me lo dijiste. Dijiste que yo estaba disgustada y que tú sugeriste que saliésemos a dar una vuelta en coche porque tu padre tenía invitados en casa.

—Sí, tú estabas disgustada. Habías tenido una gran discusión con Marcia y yo estaba preocupado por ti. Estabas histérica, así que sugerí conducir yo. Nos cambiamos de sitio, pero antes de que nos pudiéramos poner los cinturones de seguridad, un perro salió de la nada. Yo traté de evitarlo y chocamos contra un árbol.

—Yo no conducía... yo no conducía... —Gemma no podía parar de repetir aquello una y otra vez aunque sólo lo hacía susurrando— yo no conducía...

—No. Gemma —dijo él—. El accidente fue mi culpa. No debería haber arrancado hasta que los dos no tuviéramos puestos los cinturones de seguridad. Pero no me paré a pensar. Simplemente quería ir a algún lugar seguro para que me contaras qué había pasado con Marcia.

—¿Te llegué a contar sobre qué discutíamos?

—No. Estabas llorando tanto, que no te entendía. Lo siento. Desearía poder decírtelo, pero la única persona que te puede contar qué pasó aquella noche es tu madrastra.

Gemma se sintió derrotada. Trató de recordar algo de aquella discusión, pero era imposible.

—Lo siento, Gemma —dijo Michael, rompiendo el doloroso silencio—. Debería haberte confesado la verdad hace mucho tiempo, pero necesitaba el dinero. Sé que te costará perdonarme, pero tuve en cuenta que tú pertenecías a un entorno pudiente. Yo no tenía nada. La indemnización de la compañía de seguros me ha salvado. Ahora puedo vivir más o menos independientemente.

—Me traicionaste... —a Gemma incluso le costó decirlo. Él había sido la única persona en la que había confiado.

—No pretendía hacerlo —dijo él, con la voz levemente entrecortada—. Las cosas se complicaron y pensé que era la mejor manera de seguir adelante. Tú no recordabas el accidente ni qué había sido lo que lo había causado, y los médicos dijeron que no era probable que lo fueras a recordar.

—¿Qué te ha hecho cambiar de idea?

—Me sentí culpable cuando Andreas me sobornó. Lo hubiera dejado pasar pero, como te he dicho, vino a verme tu madrastra —dijo él—. Vi algo en ella que no había visto antes, una escalofriante especie de crueldad. No hay nada que la detenga para conseguir lo que quiere.

–¿Qué te dijo?

–Trató de chantajearme –dijo él–. Creo que tu padre adivinó la verdad sobre el accidente. Probablemente fue por eso que contactó con Andreas Trigliani al asumir que yo sería una opción obvia para convertirme en tu marido y así cumplir con las condiciones de su testamento.

–¿Cuyo soborno aceptaste alegremente? –dijo Gemma en tono acusador.

–Prefiero aceptar dinero de un hombre como Andreas Trigliani antes de que tu madrastra juegue conmigo –Michael volvió a apartar su mirada de ella.

Aunque le dolía admitirlo, Gemma no podía evitar estar de acuerdo con él.

–Odié mentirte, Gemma –dijo él–. Tú has sido la única amiga que ha estado a mi lado durante todos estos años. Lo que te he hecho es imperdonable. Desearía poder cambiar el pasado, pero nadie puede. Ambos hemos pagado, a nuestra manera, un gran precio por nuestros errores. Espero que seas capaz de encontrar algo de felicidad, como la que yo he encontrado con Jeremy, el chico que me espera fuera.

–Gracias por contármelo –logró finalmente decir Gemma.

–Adiós, Gemma. Probablemente no te vuelva a ver. Creo que es lo mejor.

Gemma no podía articular palabra mientras lo acompañaba a la puerta. Se quedó allí observando cómo Jeremy le ayudaba a montarse en la furgoneta con mucha delicadeza y amor.

Entonces vio a Susanne, que estaba allí de pie con la incredulidad reflejada en la cara.

–No me marché a la hora de siempre –explicó el ama de llaves–. Al principio no oí que llamaban a la puerta, ya que estaba sacando la basura. Pensé en quedarme un poco más de tiempo porque estaba preocupada por ti. ¿Estás bien?

—Creo que sí —contestó Gemma, apartándose de la puerta.

—He escuchado casi todo —confesó Susanne—. Creo que se lo debes decir inmediatamente a Andreas.

—No me creerá.

—Entonces se lo diré yo.

—Puedes hacerlo si quieres, pero hay algo que debo hacer primero —Gemma tomó el teléfono.

—¿Qué haces?

—Voy a telefonear para pedir un taxi —contestó Gemma—. Creo que ya es hora de que mi madrastra y yo tengamos una pequeña conversación.

—No necesitas llamar a un taxi. Yo te llevo —dijo Susanne, apartándole el teléfono de las manos.

—No quiero involucrarte en algo como esto.

—Somos amigas, ¿no es así? Y los amigos se apoyan mutuamente. Ahora mismo necesitas apoyo y, como tu marido no puede prestártelo en este momento, seré yo la que lo haga.

—No puedo pedirte que hagas esto.

—No me lo estás pidiendo —Susanne agarró su bolso, sus llaves y escribió una nota que dejó en la mesa de la entrada—. Vamos, vamos en busca de la verdad y, déjame que te diga, soy como Sherlock Holmes cuando se trata de descubrir la verdad. No me detengo hasta descubrirla.

Gemma la siguió, preguntándose qué iría a pensar Andreas cuando regresara a la casa y ninguna de las dos estuviera...

Capítulo 16

CLARAMENTE Marcia Landerstalle no había estado esperando visitas. Al principio ignoró el timbre de la puerta del ático que poseía en el hotel Landerstalle.

Susanne movió algunos hilos con uno de los encargados y volvió junto a Gemma, enseñándole una llave maestra.

–Siempre es bueno tener contactos –dijo, esbozando una pequeña sonrisa de victoria.

–Eres muy buena en esto –comentó Gemma–. Yo estoy temblando y tú estás tan tranquila.

–Sí, bueno, he tenido que tratar con gente difícil durante toda mi vida –dijo Susanne, llamando a la puerta de nuevo–. Vamos, Marcia. Tengo una llave. O nos dejas entrar o entramos nosotras por nuestra cuenta. Es tu decisión.

La puerta se abrió tras una pequeña pausa, y Gemma se encontró cara a cara con su madrastra por primera vez en casi cinco años y medio.

–Veo que has ganado peso. Te dije que te ocurriría si no te controlabas –dijo Marcia.

–Vamos, Marcia –Susanne salió en defensa de Gemma–. ¿No sabías que el ensanchamiento del cuerpo al llegar a mediana edad no es algo que se coma sino que hay que evitar?

Gemma sintió ganas de reírse ante aquello, pero no lo hizo ante la seriedad de la situación.

—Creí oportuno informarte de que por fin he recordado lo que ocurrió la noche que tuve el accidente. Ya no tengo amnesia. Lo he recordado todo.

Aquella estratagema surtió efecto. Marcia se dejó caer en el sofá más cercano, con las manos temblorosas.

Pero antes de que Gemma pudiese decir nada, se oyó un ruido tras ella. Al darse la vuelta vio a Andreas en la puerta de la suite. Susanne se acercó a él y le murmuró algo.

Gemma lo miró brevemente, sorprendida al encontrar calidez reflejada en sus ojos. Entonces se dio la vuelta para mirar a su madrastra.

—¿Por qué no me ahorras el mal trago de contar lo que ocurrió y lo cuentas tú con tus propias palabras? —sugirió Gemma, arriesgándose mucho, ya que no sabía qué iría a contar.

—No sé de qué estás hablando.

—Creo que sí que lo sabes —dijo Gemma—. Michael Carter ha ido a verme esta tarde. Me ha dicho la verdad de lo que yo le conté la noche que fui a su casa y lo disgustada que yo estaba tras haber discutido nuevamente contigo.

—Estás mintiendo —dijo Marcia—. No recuerdas nada.

—Recuerdo mucho más de lo que te imaginas —dijo Gemma.

—Estás tratando de amenazarme para asustarme y que no luche por el testamento de tu padre.

—Sin duda él te hubiera dejado todo si no hubiese tenido dudas —señaló Gemma.

—Siempre has sido una pequeña vaca mentirosa —gruñó Marcia—. Mira cómo trataste a Andreas en este mismo lugar. Todo el mundo lo comentó durante semanas. Mentiste para ganarte la aceptación de tu padre. Andreas no te había hecho nada, pero tú arruinaste su reputación deliberadamente afirmando que sí te había hecho. Eres una pequeña mujerzuela sin corazón que ni siquiera tuvo la elegancia de hacer las paces con su padre antes de que éste muriera.

—Tienes la oportunidad de contarlo tú misma o dejar que yo cuente mi versión —desafió Gemma—. Quizá a los tribunales no les haga mucha gracia escuchar lo que realmente ocurrió aquella noche.

—Ella tiene razón —dijo Andreas, acercándose a ellas y agarrando de manera protectora a Gemma por la cintura—. Ya es hora de que cuentes la verdad o de que otros lo hagan por ti. He contratado un equipo jurídico que me asegura que hará picadillo tu impugnación del testamento de Lionel Landerstalle. No tienes esperanza de ganar y se podrían tardar años en resolver el caso.

—Me alegro de haber hecho lo que hice —Marcia gruñó ferozmente—. Te lo merecías, pequeña mujerzuela, por ser tan difícil como eras. Traté de llevarme bien contigo durante años, pero tú te negabas a aceptarme. Yo quería tener un hijo, pero tu padre no me escuchaba. Estaba harto de lo difícil que tú eras y se negaba a correr el riesgo de tener otro hijo que fuera testarudo o mimado como tú. Arruinaste mi vida y pensé que era hora de que recibieras una lección.

Gemma sintió cómo se le creaba un nudo en la garganta mientras su madrastra la quemaba con la mirada.

—Estabas flirteando con todos los chicos en tu fiesta —continuó Marcia—. Pero por primera vez no estabas bebiendo. Uno de los invitados no te quitaba los ojos de encima, y yo le dije que él a ti te gustaba. Le sugerí que te invitase a una copa y que a partir de ahí ya veríais.

A Gemma le volvieron a la cabeza de manera brutal los recuerdos de aquella noche. Cerró los ojos, pero sólo empeoró las cosas. La única cosa que le impedía derrumbarse era la fortaleza que le transmitía Andreas.

—Yo no sabía que te iba a poner droga en la bebida —dijo Marcia, aunque no mostraba ningún arrepentimiento en su tono de voz o en su cara.

—Fue sobre eso de lo que estuvisteis discutiendo la noche del accidente, ¿verdad? —preguntó Andreas—. Le contaste a Gemma lo que habías hecho; alentar a aquel asqueroso delincuente a que abusara de ella de aquella manera tan despreciable. Le dijiste que le habías destrozado la vida indirectamente, con una venganza nimia que tuvo consecuencias devastadoras para ella.

—Ella se lo buscó. Siempre estaba pavoneándose por ahí como si ella fuese mejor que nadie. Además, pensé que había un poco de justicia en aquello; después de todo ella había mentido sobre lo que tú le habías hecho. Pensé que era justo que nadie la creyese cuando las cosas eran al revés.

—¿Así que decidiste arruinarle la juventud como si no significara nada? —acusó Andreas, enfurecido.

—Se lo merecía —espetó Marcia—. Tú más que nadie deberías estar de acuerdo conmigo. ¿No es por eso por lo que te casaste con ella... para vengarte por lo que te hizo?

Gemma sintió que se quedaba sin aliento. No podía mirar a Andreas por si veía reflejado en sus ojos oscuros que lo que decía su madrastra era verdad.

—No deseo discutir las razones que tuve para casarme con Gemma con alguien como tú —dijo él—. Todo lo que deseo decir es que me alegro de haberlo hecho. No me he arrepentido de ningún día de mi matrimonio.

Gemma oyó a alguien sollozar y vio a Susanne se-cándose las lágrimas con un pañuelo.

–Lionel Landerstalle confió en mí lo suficiente como para que cuidara de su hija, y yo tomé su con-fianza muy en serio –prosiguió Andreas–. Te sugiero que despidas a tu abogado. No tienes posibilidad de ganar este caso. Quizá Gemma tenga algunos lapsus de memoria, pero yo he investigado por mi parte. Su padre sabía que tú tuviste una aventura. Y Gemma lo había descubierto justo antes de su accidente en el cual, muy conveniente para ti, perdió la memoria.

–Debió haber muerto en aquel accidente –dijo Mar-cia, dirigiéndole una mirada venenosa–. Ella arruinó mi vida con Lionel. Siempre estuvo entre ambos desde el principio. Sólo tuve aquella aventura por lo infeliz que era debido a ella.

–Ella era sólo una niña –dijo Andreas–. Tú eras la persona adulta. Debiste ser tú la que cambiaras un poco...

–No, espera –interrumpió Gemma, mirando a su madrastra–. Marcia... me arrepiento de muchas cosas de las que hice cuando tú apareciste en escena. En parte Andreas tiene razón en que yo sólo era una niña, pero era una niña muy mimada y realmente no te di ninguna oportunidad. Convertí tu vida en un infierno. Estaba celosa y echaba de menos a mi madre. Sé que en reali-dad no eres una mala persona; creo que en el fondo na-die lo es –respiró profundamente y continuó–. Me avergüenzo tanto de que no fueras capaz de tener el hijo que tanto querías. No me había dado cuenta de que yo había sido la causa de que mi padre te lo negara.

–*Cara* –Andreas le tomó el brazo, previniéndola.

–Por favor, Marcia, perdóname por lo que hice. No te merecías ser tratada así, y lo siento.

Marcia agitó la cabeza, llena de remordimientos y arrepentida por lo que había hecho. Antes de que Andreas pudiese detenerla, Gemma se soltó de él y abrazó a su madrastra.

Estuvieron abrazadas durante un rato y, cuando se separaron, ambas tenían la cara llena de lágrimas. Andreas nunca antes se había sentido tan orgulloso como cuando vio la manera en que Gemma se despedía de su madrastra.

—Puedes tomar lo que quieras de la herencia de mi padre —dijo—. Yo simplemente necesito los suficientes fondos para mantenerme durante los próximos meses. También tengo que devolverle un dinero a Andreas, pero el resto es tuyo. Me hubiese gustado darte el hotel, pero le prometí a Andreas que se lo vendería a él. Pero tal vez podamos llegar a algún acuerdo... como que vivas aquí sin pagar alquiler.

Marcia asintió con la cabeza, incapaz de hablar.

—Ven, *picolla* —dijo Andreas irónicamente—. Mi ama de llaves es... ¿cómo decís en inglés? Es un caso perdido.

Gemma sonrió a Susanne, que todavía se estaba secando las lágrimas.

—Ella no es un caso perdido, Andreas. Es una mujer con muy buen corazón.

—¡*Dio Mio*! —Andreas se dio en la cabeza de manera teatral—. No me digas que ahora tengo dos mujeres así en mi vida.

Fue muy frustrante para Gemma tener que esperar a que Susanne se marchara para hablar a solas con Andreas.

Pensó en hacerlo mientras volvían en coche a la

casa de él, pero decidió esperar hasta que llegaran y no les distrajera el tráfico.

Andreas la tomó en brazos en cuanto entraron en la casa pero, aunque Gemma deseaba estar en sus brazos debido a lo bien que le hacía sentir, sabía que tenía que confesar algunas cosas.

—Andreas... necesito hablar contigo.

—Estoy cansado de hablar —dijo él—. Quiero hacerte el amor.

—Cuando dijiste que estás contento de haberte casado conmigo y que no te has arrepentido ni un solo día... ¿lo decías en serio? —preguntó ella, mirándolo detenidamente a los ojos.

—Hasta esta tarde no estaba preparado para admitirlo, pero sí, estoy muy contento de haberme casado contigo. Admito que los motivos que tuve para hacerlo no fueron buenos. Había concebido varios planes para vengarme, pero al verte de nuevo todo cambió. Tú has cambiado. Por mucho que intenté evitarlo, me enamoré de ti otra vez, pero esta vez incluso más perdidamente.

—Tengo que confesarte algo —dijo ella, incapaz de mirarlo a los ojos—. Tengo fallos de memoria, enormes vacíos que me frustran día tras día, pero nunca me olvidé de cómo te traté —volvió a mirarlo—. ¿Me podrás perdonar? ¿Por haberte tratado como hice y por haberte mentido tanto últimamente?

—Ya había comenzado a sospechar que tú no te habías olvidado de mí, *cara*. Lo sentí en tus besos, en cómo me acariciabas y en cómo evitabas mi mirada tan frecuentemente.

—¿Lo sabías?

—No mientes muy bien, *cara*. ¿No te lo había dicho ya? Has cometido muchos pequeños errores y yo los he estado recopilando todos, preparado para echártelo en cara y que me lo explicaras. Pero entonces me di cuenta de que te amaba demasiado como para hacerte daño.

—Hay algo más... —Gemma bajó la mirada de nuevo.

—Si me vas a confesar adónde fueron a parar los cien mil dólares, ya lo sé.

—¿*Lo sabes*? —Gemma parpadeó, impresionada.

—Hice que lo investigaran, pero no te preocupes; nadie más lo descubrirá. Me percaté de que debía de ser a alguien del refugio a quien estuvieras ayudando. El investigador privado que contraté me dijo que debía mantenerse bajo secreto por la seguridad de la madre y de la niña. Las estuvo siguiendo muy estrechamente y la madre había parecido muy nerviosa. Pero ahora ya están a salvo y pronto sabrás si la operación ha salido bien.

Gemma sintió cómo el alivio le recorría el cuerpo, pero quedaba otro secreto que debía confesar.

—Hum... hay algo más que tengo que contarte —dijo, respirando profundamente.

—¿Tenemos que estar perdiendo el tiempo con todas estas confesiones cuando todo lo que quiero hacer es reivindicarte como mía? —preguntó él—. Quiero hacerte el amor. No puedo aguantar las ganas que tengo de hacerlo.

—No puedo darte lo que quieres, Andreas. Cuando te ofreciste a casarte conmigo me dijiste que yo te tenía que dar un hijo. Era parte del acuerdo.

—No te preocupes, *piccola mia*. Sé que necesitas más tiempo. No nos apresuraremos. Ocurrirá cuando sea el momento.

—Pero eso es lo que estoy tratando de decirte, Andreas. Soy incapaz de tener hijos.

Andreas se quedó mirándola durante largo rato, impávido.

–Fue por el accidente. El médico dijo que probablemente necesitara inseminación artificial para concebir un hijo. Sería un milagro que ocurriera de otra manera.

Andreas la abrazó estrechamente.

–Entonces rezaremos para que ocurra un milagro y, si no ocurre, buscaremos uno por otros medios, ¿te parece bien?

Gemma lo miró y sonrió. Sentía el corazón ensanchado por la emoción.

–Está bien –dijo, con la emoción reflejada en los ojos–. Comenzaré a rezar ahora mismo.

–Puedes hacerlo más tarde... mientras tanto tengo algo en mente.

–No sé si me atrevo a preguntar qué es –dijo ella mientras él comenzaba a acariciarle el cuello, haciendo que le recorriese un escalofrío por la piel–. ¿Es algo con lo que me voy a divertir?

Andreas levantó la cabeza y la miró provocativamente.

–No es sólo que te vayas a divertir... nunca lo vas a olvidar en lo que te queda de vida.

Y nueve meses después, cuando nació su pequeño hijo, Gemma tuvo que reconocer que él había tenido toda la razón.

Bianca™

**En aquella isla, los días eran calientes...
y las noches apasionadas**

El ex agente de las Fuerzas Especiales Alexander Knight debía llevar a cabo una última y peligrosa misión... proteger a un testigo clave en un caso contra la mafia.

Cara Prescott era la bella y ardiente joven a la que Alex tenía que mantener con vida a toda costa... y que se suponía era la amante del acusado.

La única manera que encontró Alex de protegerla fue secuestrarla y esconderla en su exótica isla privada... donde la pasión no tardó en apoderarse de ellos. Pero, ¿cómo podría protegerla sin saber lo peligrosa que era realmente la verdad?

Desnuda en sus brazos

Sandra Marton

Jazmín™

Del odio al amor
Barbara Hannay

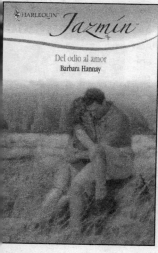

La imagen de Byrne Drummond había estado en la mente de Fiona desde la primera vez que lo había visto en Gundarra. Un estoico y fornido ranchero destrozado por una tragedia provocada por el hermano de Fiona...

Byrne tenía motivos más que suficientes para odiar a Fiona McLaren. La temeridad de su hermano había destrozado su familia. Pero la amabilidad y las caricias de Fiona eran las primeras desde hacía años que conseguían llegar a su corazón. Por mucho que Byrne deseara alejarse de ella, Fiona lo atraía irremediablemente...

Una sola chispa era suficiente para hacer rder sus corazones...

Deseo™

El lenguaje del amor
Margaret Brownley

Después de que aquella carta bomba destruyera su oficina, Rick creyó que había sido una casualidad. ¿Quién podía querer hacerle daño? Sin embargo de pronto se encontró con que le habían asignado un guardaespaldas.

Pero "Jack" resultó no ser lo que Rick esperaba. Lo primero porque era una mujer. Jacquie Summers era menuda y muy sexy, y compensaba su falta de experiencia con entusiasmo... un entusiasmo muy peligroso que Rick temía más que al enemigo.

Su misión era protegerlo, no enamorarse de él...